Historie miłosne

Historie miłosne

Anna Nasiłowska

Świat Książki

Redaktor prowadzący
Katarzyna Krawczyk

Redakcja
Ewa Adamczyk

Redakcja techniczna
Agnieszka Gąsior

Korekta
Maciej Korbasiński
Alicja Chylińska

Świat Książki
Warszawa 2009

Świat Książki Sp. z o.o.
ul. Rosoła 10, 02-786 Warszawa

Skład i łamanie
Joanna Duchnowska

Druk i oprawa
Finidr, Czechy

ISBN 978-83-247-1602-9
Nr 6882

1

Niepokój

Nieprawda, że to zaczyna się od spotkania i spojrzenia w oczy. To się wykluwa w samotności. Niewidocznie. Niepotrzebne są pocałunki. To zaczyna się od snu, w którym ledwie majaczy ta postać. Najpierw – przebudzenie. Zdziwienie. Więc to tak? Sen? Dlaczego? Kto zawinił? Jaki popełnił błąd? Skoro nie wiadomo, kto i jak to spowodował, jakże z tym walczyć?

Potem cień zaczyna pojawiać się na jawie. Lekkie drżenie przeradza się w niepokój. Może się jeszcze rozpłynie? Może dałoby się jeszcze uciec? Ale dokąd uciec przed cieniem? Przed własną obsesją. Może w ciemność. Trzeba by w ogóle wyrzec się światła. Kiedy już się rozprzestrzeni, zjada po kolei wszelkie codzienne myśli. Zaczyna od najwyższych pięter. Potem przechodzi w dół. Zadomawia się między sprzętami. Infekuje nawet buty. „Włożę dzisiaj te ładniejsze". Dlaczego? Dlatego. Albo: „Te, co wtedy". Kiedy? Nieważne. Odpowiedź jeszcze niemożliwa. Trzeba by się przyznać przed sobą do zbyt wielu rzeczy. A wstyd.

Cień rośnie cicho, za plecami. Podstępnie zaraża wszystkie książki. Wślizguje się między wersy. Zaczyna wyglądać ze stronic każdej czytanej powieści. Rozpoznajesz go: to on, to ten dojmujący brak, twój nieodstępny towarzysz. Kiedy jakaś ona wyjeżdża z miasta. Kiedy on ją opuszcza. Kiedy zapomina. Przybiera kształty wszystkich nieszczęśliwych historii miłosnych. I kiedy wszystkie po kolei zdrady, śmierci i rozstania zaczynają cię prześladować – pojawia się na horyzoncie ta osoba. Bliska i cudowna. I od razu odpowiada na twoje najważniejsze pytanie, nawet jeśli było całkiem nieme, bo brak odwagi, by je zadać. „Tak, i ja!". I uśmiecha się. Treść domyślna: tęsknię, pragnę, kocham.

To jest szansa. Żeby zmienić historię choroby w zwykłą historię miłosną. Chroniczną, mniej dojmującą. Z jakimś końcem, być może nawet szczęśliwym, choć nie wiadomo, co to znaczy. „A potem rozstali się i żyli długo i osobno, zachowując o sobie dobre wspomnienia. Wysyłali sobie życzenia na urodziny. Szczere i co roku". Tak na końcu dobrej bajki. Są i złe, ale o nich lepiej zapomnieć.

I myślisz: przyjmę wszystko, co się zdarzy. Wszystko jest lepsze niż ten niepokój, niech się wreszcie skończy, dobrze czy źle. Niech się dzieje, co chce.

Z tej iluzji wypływa życie. I boli.

Okno

Co widać było z ukosa, przez wieczorne, niezasłonięte okno? Oświetlony pokój. Kawałek tapczanu. Najpierw ramię, męskie ramię w łóżku. Obejmuje. Więc chyba ich dwoje tam leży, obejmując się ramionami, nadzy pod kołdrą. Na jednej poduszce dwie głowy. Nic więcej. Może tylko, że oboje niemłodzi. To ramię, porośnięte rzadkim włosem, trochę rozlane i niezgrabne. Przyklejone, jakby z plasteliny. Przez to jakby bardziej obejmujące. Dziwne. Zasunęłam zasłonę w naszym oknie. Myślałam, że to my jedni na ziemi odprawiamy takie rytuały: leżenia, dotykania, nagości. Tylko my. I nikt poza nami nie ocieka śluzem w łagodnej furii i nie traci głowy, ubrania i wreszcie nawet własnych myśli. To jest przecież bardzo nierozsądne.

Irmina

To nie było planowane, to miało być całkiem inaczej. Nagle ten mężczyzna wyłonił się z tła. Adam. Tyle lat go znała, dostrzegając zaledwie. Gdy spostrzegła, co się stało, było już za późno. Niezauważalne dla innych, ale dla nich oczywiste. Odkąd dotknął jej piersi jakby przypadkiem, a napięcie skoczyło wysoko – trudno się pomylić.

Zapytał:

– Więc była pani już kiedyś tak blisko mnie i nie zadzwoniła?

– Następnym razem to zrobię, obiecuję.

Tak sobie powiedzieli i wszystko stało się jasne. Przeskok między „pan", „pani" a „ty" był szybki. Między ubraniem a nagością – także. Po prostu zamknęła oczy, a gdy je otworzyła   byli już rozebrani. Więc znowu je zamknęła. Nie zdążyła się nad tym zastanowić. Miał mocny, owłosiony tors.

– To, co skłania ku sobie ludzi, jest najważniejszą siłą tego świata. Po prostu nie dało się inaczej – powiedział i pogładził ją po policzku. Delikatnie.

Noc po tym spotkaniu była dla niej straszna.

Przypomniała sobie wszystko. Żonaty. Coś to znaczy. Nie wiadomo co. Dla niej. Skoro przy rozstaniu szeptał jej w ucho: „Proszę. Choć na krótko. Ucieknij ze mną! Wyjedźmy".

To znaczy, że jej bardzo pragnie. I jest zdecydowany. Tylko nie wiadomo na co. Na razie to trzeba ukryć przed światem, póki się nie wyjaśni, o co naprawdę chodzi.

Dziewczyno! – myśli Irmina. Wątp we wszystko, skoro już jesteś zagubiona!

W przejściu

Więc tak wiele można powiedzieć spojrzeniem? Nie mówiąc, patrząc tylko? Więc tak wiele – powiedzieć chodzeniem? Bliskością, stóp stawianiem? Więc tak wiele powiedzieć dotknięciem? W przejściu, wśród ludzi, podając sobie ręce? Więc powiedzieć: nie mogę tak zwyczajnie patrzeć, iść, podawać tobie ręki. To jest jak otchłań niemożliwa, ta miłość, mój lęk wysokości, przerażenie, szczęście odnalezienia się i rozpacz moja, że nie zabierzesz mnie stąd jak najprędzej i po prostu miniemy się w przejściu jak zwykli znajomi. Nie jestem w stanie zrobić kroku, a idę obok, podaję ci rękę zamiast ust, między nami krzyczy napięcie i wschodzi księżyc jednej z dawnych nocy, choć to dzień jasny i każde za chwilę pójdzie w swoją stronę, bo to jest zwykłe, niezwykłe spotkanie. Powiedzieć: pamiętam, ty właśnie i ciebie pragnę. Ale to wszystko jest ukryte i tego się właśnie nie robi.

Mówią sobie po prostu jak zwykli znajomi: dzień dobry!

Oni

Korespondowali ze sobą na czacie trzy miesiące. Coraz goręcej, intensywniej. To był odurzający nierealny romans z mnóstwem realnych fizycznych efektów. Ból w podbrzuszu. Stałe napięcie. Trzeba było coś z tym zrobić.

Przyjechał do niej. Ponad pięćset kilometrów.

I wreszcie widzą się. Nie zdjęcia.

To nie jest dobra chwila.

Ona myśli: Co? Za trzy miesiące podniecenia miałabym zapłacić tak słono? Przytulać się do faceta o palcach jak serdelki?

On myśli: Co? Nie wiedziałem, że ma taki duży biust. Duży biust nie odcisnął się w korespondencji. Jest jakiś taki ciężki.

Słowa zostały zużyte. Dusze rozumiały się dobrze. Ciała – sprawiły zawód.

– No, proszę, zdejmij to, mam ze sobą aparat, muszę ci zrobić zdjęcie. Założę się, że masz fajne brodawki.

Tyle było słonych rozmów na czacie. A teraz ona uznaje, że przekroczył dozwoloną granicę. Zasłania się i prycha.

Renata

W życiu zostawiali sobie trochę luzu. Może nawet za dużo. Ktoś im powiedział kiedyś, że drzew nie należy sadzić zbyt blisko, bo mogą sobie przeszkadzać. To ich zaciekawiło i wiele razy wracali do tego w rozmowach. Albo jedno drzewo zadusi drugie, albo żadne nie urośnie. Podobnie jest z ludźmi.

Zachować lekki dystans – to nie było takie trudne. Inne zawody, nawet odmienne kręgi znajomych. Zawsze im się wydawało, że interesują się trochę innymi sprawami. I mają odmienne temperamenty. On nieco zamknięty, trochę tajemniczy. Ona bardziej otwarta, ufna wobec świata. A czasem nagle – entuzjastka. Osób, zjawisk, zwierząt, widoków. Wszystkiego, co się zdarza.

Może dlatego czasem, wbrew ustalonym regułom, mówiła mu: A ja cię kocham! Krzywił się.

– Myślę, że to słowo nie ma dobrze sprecyzowanego znaczenia. Jest tylko wytrychem, który służy ludziom do układania ich wzajemnych relacji. Chciałabyś coś ode mnie uzyskać?

Nie. Znaczy: tak. Po prostu znowu zapomniała. Nie za blisko. Nie jednoznacznie. Nie trzeba.

Tego się oczywiście można nauczyć. Że kiedy ma się ochotę powiedzieć coś bardzo czułego, należy cofnąć się o krok, robiąc ironiczne oko. Czułość zastąpić dowcipem. Albo najlepiej – seksualną fantazją. I jeśli pewnego dnia czy nocy ona kładzie mu rękę na karku, choć nie robiła tego od kilku miesięcy, to znaczy to samo. I jeszcze lepiej, bo dokładniej. I wtedy on rozumie, że to nie żaden stereotyp, słodkie ciastko z fabryki, które schodzi z taśmy i wędruje do pieca z tysiącem podobnych, które pieką się razem i smakują identycznie, tak samo szkodząc na zęby. I jeszcze kto zje takie ciasto, przybywa mu w pasie i wyrasta gula tłuszczu. Są pewne powody, żeby takich rzeczy unikać. Nawet racjonalne.

Nie trzeba być za blisko. To może zacząć dusić.

To nie ma większego znaczenia, co się mówi. Nawet co się robi, też nie ma. Nie rozstrzyga o niczym. Ona była adorowana, jak to piękna kobieta. No, powiedzmy, że ładna i miła. Ale to były głupstwa i nic to nie zmieniało. Między nimi. Czasami myślała, jaki on jest mądry! Gdyby mi się oddał cały, bez reszty, może ja bym go rzeczywiście zjadła, jak głupie ciastko na talerzu. I poprosiła o inne, następne. Przestałby być taki silny i tajemniczy. On mnie trzyma w ten sposób w szachu, nigdy nie odejdę, i to zresztą nieprawda, że jesteśmy na dystans.

Kiedyś od innego mężczyzny usłyszała: Kocham cię! Zaczęła się śmiać. Szczerze, ale strasznie. Chyba go bardzo uraziła, tamtego, a nie był niczemu winien. Po prostu mu się bardzo podobała. Wyszło idiotycznie. Nie chciała, przepraszała. Co ten facet mógł o niej pomyśleć? Chyba że jest cyniczna, zepsuta. Ale to przecież było nieważne. Liczył się tylko jej mąż. No, nie tylko. Jeszcze ten Król Życia, miłośnik piękna wszelakiego, w żeńskiej postaci. A więc kompletnie nieszkodliwy. Mówił na nią: Czysty Żywioł! Co dwa tygodnie – spotkanie. Bardzo namiętne. Wracała niezbyt przytomna, patrzyła zdziwiona na mężczyznę w domu.

Trudno go było nie rozpoznać. To jej drugie ja. Więc przytomniała szybko. Zawsze była silna. Miała temperament. I charakter. Jeśli więc była żywiołem, to nie czystym. Tu się mylił. Ale przecież nie musiał jej rozumieć. Nie był najważniejszy.

Potem mężowi zdarzył się dziwny wypadek. Badania, zaskakująca diagnoza: jest źle. Lekarz zapytał ją:

– Czy pani mąż nie ma takich momentów, że wydaje się nieobecny? Czy nie wyłącza się nagle, w trakcie rozmowy? Czy nie zaobserwowała pani czegoś dziwnego? Jakieś usztywnienie?

Tak. Niestety, tak. Myślała, że to jest ta jego tajemniczość. A poza tym – że się trochę nią martwi. Ledwie

11

miała czas się zastanowić. Już wtedy zaczął ją dusić żal. Dlaczego nie mieli dzieci? Wydawało im się, że to słuszne. Będą w ten sposób bardziej wolni. Cudowne istoty, które są razem, ale i osobno. Ten ich ideał dwóch rosnących nie za blisko drzew. Dąb i brzoza. Jasna i smukła. To ona. Drzewa szumią wspólnie na wietrze. Należą do odmiennych gatunków. Jakie by mogli mieć dzieci? Ciekawe, czy to w ogóle możliwe. Nie spróbowali. Jak by wyglądały brzozo-dęby, dębo-brzozy? Nigdy się nie dowie. Za późno. Nie wiedziała, że dąb może być tak kruchy.

To było straszne.

Nie umieraj mi, moja druga połowo, mój ukochany, najdroższy – nie mówiła, bo przecież tak nie wolno – ustalone było między nimi. Po prostu patrzyła. On też patrzył, już nie mówił. Chyba nie miał świadomości, co się dzieje. A może miał, nie wiadomo.

Wracało do niej: dlaczego? Czy to przez ten ich egoizm, jakiś wspólny, podwójny? Jej brak odwagi? Głupota czy wygoda? Czy popełnili jakiś błąd? Jej niewierność? Ale on chyba też miał jakieś historie. To przecież było bardzo nieracjonalne, a on ją uczył, że trzeba myśleć precyzyjnie i uwzględniać fakty.

Właśnie fakty były straszne. Wszystko potoczyło się szybko.

Zapadła potem w jakąś ciemność, sprzeczną z jej naturą. A trzeba było wrócić do pracy. I on by przecież nie chciał, żeby tak to wyglądało. Że drżą jej ręce i przestała się uśmiechać. Najchętniej nie ruszałaby się z domu. Podobała mu się taka, jaka była wcześniej.

Powiedziała kiedyś swojemu terapeucie, że nigdy nikomu nie opowie, co się działo. Nawet nie będzie próbowała. Trzeba by to jakoś uporządkować, ten czas, właściwie pusty.

– I to jest źródło pani problemów – powiedział.

Nie umawiała się z nikim, nie bardzo wiadomo, co właściwie robiła wieczorami. Leżała w ciemności. To się stało jesienią. Zima była ciemna, bez śniegu. Przypominała sobie ich wspólne życie.

Tak, czasem go oszukiwała. Na przykład nie lubił, gdy kupowała sobie nowe buty. A jej się podobały, eleganckie, na obcasie. Były tanie! – oznajmiała, przynosząc kolejną parę. Czerwone szpilki. To była okazja, nie mogłam nie wziąć! – sandałki z kilku cieniutkich pasków, odkrywające stopę. Albo bardzo modne kozaki do kolan, świetnej marki. Nieprawda. Były drogie. Robiła sobie czasem takie prezenty. Taka słabość. Uważała, że ma do tego prawo. Zawsze mieli osobne konta i zarabiali nieźle. W końcu – jej pieniądze! Co miałaby z nimi robić?

– Nie wiem. Coś rozsądniejszego niż zastawiać szafy tym wojskiem na baczność.

– Na przykład?

– Dać na biedne dzieci.

– Jakie dzieci? Jakieś daleko? Dlaczego?

I właśnie! Nie miał dalszych argumentów. Ale miał trochę racji.

Nie lubił także, gdy się malowała przed wyjściem. Wsiadała do samochodu, malowała rzęsy w lusterku wstecznym. Wracała zwykle do domu wcześniej, przed nim, więc nie było problemu. Tak się przyzwyczaiła, że nawyk został. Do dziś maluje się w samochodzie, ale coraz rzadziej. On jakby to widział. I przedtem, i teraz.

– Musi pani zacząć z nim rozmawiać. Gdy jest pani w domu, trzeba mówić do niego, tak jakby istniał – zalecił terapeuta.

Łatwo powiedzieć. Przede wszystkim odzwyczaiła się od brzmienia swojego głosu, przynajmniej w wersji prywatnej. W pracy jest przecież ważną osobą, to ona wydaje rozkazy, polecenia. Tam nie może się przemknąć żaden odcień prywatności.

Z czasem mówienie do niego okazało się miłe. Dawało pewność, że nic się nie skończyło. Tylko miała wrażenie, że – inaczej niż za życia – po śmierci zrobił się bardzo zaborczy. Nie pozostawia jej już luzu, żadnego. Budzi ją w nocy, chce wiedzieć, co myśli. Czasem nawet kilka razy. O drugiej, o czwartej nad ranem. Rano domaga się jakichś nowych słów, a ona jest zmęczona, niewyspana. Wieczorem – musi mu opowiadać ze szczegółami, co się zdarzyło w pracy. Wszystko. Już nie kupuje sobie nowych butów. Ma ich pełno w szafie. Poza tym teraz przed nim niczego nie da się już ukryć. Gdy maluje się w samochodzie, ma straszne poczucie, że go zdradza. Cały dzień ją to męczy, przeprasza. No i przez to przestała się właściwie malować. Zresztą nie trzeba. Chodzi do fryzjera tylko po to, żeby wyglądać jak przedtem. Podoba ci się? – pyta, obracając głowę w lustrze. Tak, jemu się podoba. Mimo że jej twarz nosi ślady tego, co się wydarzyło.

Teraz opowiada mu o wszystkim. Dość radośnie. No i niestety musiała rozstać się z Królem Życia. Był zdziwiony:

– Teraz, kiedy jesteś wolna? Teraz właśnie będziesz moja.

Ale ona krzyknęła na niego:

– Co? I dlatego mam znosić to wszystko? Te twoje kobiety, wyjazdy, wieczne przygody? Nie jestem wolna, tu się właśnie mylisz!

Nie mogła inaczej. Król Życia przegrał z cieniem. Musiał zostać wygnany, skoro był tak ślepy, że niczego nie dostrzegł. Zadzwonił do niej raz jeszcze. Powiedział: Jesteś narowista, moja pani. Ale ja już cię... Nie dokończył. Pokłócili się o to strasznie, rzuciła telefonem przez okno. Potem go szukała na trawniku. Był nie do naprawienia, po prostu się rozsypał. Co tam telefon! Jeszcze lepiej, nie będzie dzwonił. Nie ma dla niego miejsca. Wulgarny, postarzały Don Juan.

Drugie ja pozostało. On w niej.

Jego rozsądek doradzał jej za dnia. Jego uczucia poznawała w nocy. Nie wiedziała wcześniej, że potrafił za nią tęsknić.

Dwie rzeczy naraz, jednocześnie. Sprzeczne. On zaczął zjadać jej życie wewnętrzne. Czy ma jeszcze coś własnego? Czy dalej jest brzozą? Chyba już nie. I to drugie: przez to, że tyle mówi do niego, rzeczywistość wokół jakby zaczęła rosnąć. A była skurczona. Sucha pestka. Teraz widzi, jaka jest pogoda. I różne inne rzeczy. Psa na drodze, który zaczął gonić jej samochód. Bała się, że wpadnie pod koła. Ale nie wpadł. Albo wiewiórki, które w ich ogrodzie strasznie psocą. Zaczęła znowu trochę gotować w niedziele. Niedobrze jeść samej. A teraz je z nim, a przedtem mu mówi: hm, może za mało soli? Nie, akurat, jak trzeba. I bardzo ją cieszy smak potraw, odkrytych na nowo. Zwykłe ziemniaki. I sałata. Bez mięsa.

Potem zaczęła dostrzegać wokół siebie kobiety. Wcześniej, w pracy, prawie ich nie widziała. Liczyli się dla niej tylko mężczyźni, bo z nimi się ścigała i zawsze chciała być lepsza. A teraz okazało się, że sekretarka jest całkiem ciekawą osobą. I miło z nią czasem pogadać. Znalazła się też jakaś dawna koleżanka. Wcześniej by uważała, że to potwór! Zrobiła się gruba. Ale to przez leki i trzeba to było wziąć w nawias. Niesamowita osoba. Nie taka zagoniona. Mądra. Jeśli miałaby ochotę do kogoś się przytulić – to do niej. I żeby jej powiedziała coś miłego. Ale lepiej nie, bo mogłaby zacząć płakać.

To było wszystko niebezpieczne i trudne dla niej. Cały proces. Teraz już jest zdecydowanie lepiej.

Pojawił się ktoś miły, łagodny. Ta osoba. Nie opowiada mu o tym, bo to też kobieta. I to przecież nic nie znaczy w ich świecie. Pewnej niedzieli na spacerze, stojąc na skraju lasu, w cieniu brzóz, zadzwoniła do niej:

– Tak dzwonię. Posłuchaj przez chwilę, jak śpiewają ptaki.

Nie słyszała ptaków od tak dawna. Może od dzieciństwa.

– Ach, niewiele słyszę, mam mokre uszy i turban na głowie. Myłam włosy! – powiedziała tamta. Może nie trzeba było dzwonić?

Dąb nadal rzuca cień.

Ale już myśli, że w cieniu jest trochę miejsca.

Poza tym – nowa pracownica. Ach, jak ta dziewczyna się uśmiecha! To wspaniałe widowisko. Gdy mówi, to prawie tańczy. Wchodzi.

– Czy mogłabym dostać trzy dni bezpłatnego urlopu? Zaraz po weekendzie? Wiem, że pracuję krótko, ale...

I nie kończy zdania. A uśmiech – przetarty z czymś innym. Prześwieca spod niego niepokój. Uśmiech Mony Lizy. Więc to dlatego? Mężczyzna, oczywiście. Dlatego nic nie mówi, tylko się uśmiecha.

Coś się zdarzy. I trzeba na to pozwolić.

– Jakiś krótki wyjazd? Ależ proszę, tak.
Tyle nowych uczuć. I szron, który osiadł na brzozie –
rozprasza się, nie wiadomo jak.

Ostrożność

Powoli przyzwyczajają się do tego, że noszą w sobie
przeciwstawne żywioły, które nie wiadomo skąd się wzię-
ły, ale są tak wielkie, że mogłyby ziemię najpierw spalić,
a potem zatopić. Albo zalać wrzącą lawą. Postępują ostrożnie, on się tego obawia, ona – uważa. Przez lata posunęli
się zaledwie pół kroku. Bo wielkie gorące morze mogłoby
się wylać. Więc pół kroku, kompromis. On wie o tym, ale
umówili się, że jakby nie wiedział. Ona z początku nie
bardzo rozumiała ten opór, ale już się przyzwyczaiła. Już
są pogodzeni. Jej czułość jest większa niż męskość. Mogłaby ją zalać. Zalanie – brak zapłonu. To groźne. Kulty-
wują więc kontrolowane nieporozumienie. To konieczne.

A więc wymyślili kilka pożytecznych mitów, które pomagają utrzymać kompromis. Ona uważa, że wciąż istnieje awaryjne wyjście. Tylne drzwi, możliwość ucieczki. Po prostu kocha go, ale pozostało jej sporo wolności.
I może się wycofać. On sądzi, że dopadła ich banalna choroba, z której usiłują leczyć się w łóżku. Nazywa się po-
żądanie. I w pewnym momencie się wyczerpie. Wszystko
się kiedyś kończy, to logiczne.

Właściwie chcieliby spowodować potop, wielki pożar
świata lub inną kosmiczną katastrofę. Więc lepiej niech to
pozostanie w ukryciu.

Joanna

Moja ośmioletnia córka Joanna ma bogate życie. Jej obszerna biografia prawdopodobnie nigdy nie powstanie. A szkoda. Czasami sama zabiera się do pisania pamiętników. Poświęca je głównie przygodom kotów. Jej pióro nie jest jeszcze wystarczająco giętkie. Tymczasem życie uczuciowe kwitnie. Więc teraz zaledwie szkic trzeciego tomu. Żeby nie wszystko pożarł potwór zapomnienia.

Najpierw w przedszkolu był A. Miłość przez nią nieodwzajemniona. Bił ją bardzo, choć to nie pomagało na brak wzajemności. Po wielu nieskutecznych interwencjach – ale czy jest lekarstwo na miłość nieszczęśliwą? – musiałam wypisać ją z przedszkola.

Bolały ją siniaki, bolało poniżenie. Spędzałyśmy ze sobą bardzo wiele czasu. To zdarzyło się pod koniec października.

W innym przedszkolu, od września następnego roku, pojawił się Ł. Wzajemna fascynacja. Przykuł jej uwagę na krótko.

– Niestety, okazał się kompletnym idiotą – stwierdziła któregoś dnia po powrocie do domu. Nie chciała powiedzieć, co się właściwie stało. Pytana przybierała wyraz twarzy kobiety, która wie swoje. Na przykład, że męskie przyjaźnie mogą zagrażać miłości. I że tego się nie wybacza. To nie był jeszcze koniec, ale schyłek. Nie było odwrotu.

Wtedy pojawił się Drugi Ł. Niezwykle ciekawa osobowość. Uroda. Ruchliwy, niezależny. Nie adorował jej. A jednak przyciągał. Jedyny minus – lekka wada wymowy. Zapewne to minie. Wszystko rozwijało się pomyślnie, ale w szkole poszedł do innej klasy.

W jej klasie – Z.

Pewnego dnia, wracając ze szkoły, powiedziała:

– Wiem już, za kogo wyjdę za mąż.

Mówił jej, że jest całkowicie zdecydowany. Owszem, muszą trochę poczekać. Nie są pełnoletni.

– To wielka niesprawiedliwość, że nikt nie traktuje serio uczuć dzieci – stwierdził Z.

Staraliśmy się więc być delikatni i sprawiedliwi.

Poznaliśmy jego rodziców. Byli do nas podobni. Inteligentni, subtelni. Potem odkryliśmy dalsze podobieństwa. Oboje – trzecie z kolei dzieci w rodzinach z najstarszą siostrą już dorosłą. Podobne kłopoty, nawet choroby.

Oni nie musieli odkrywać podobieństw – czuli je. Powiedział jej, że od pierwszego momentu, odkąd ją zobaczył, zaczęła mu się podobać. I że będzie ją kochał zawsze, nawet gdyby ona przestała i o nim zapomniała. On – zawsze, do końca życia.

W domu, zamiast rysować słodkie widoczki, siedząc przy biurku wycinała dla niego różowe serduszka. Musiałam powstrzymać ją przed zabraniem ich do szkoły. To mogłoby go pogrążyć w oczach kolegów.

Wszystko wyglądało zbyt idealnie, zapowiadało jakiś straszny dramat.

Pewnego dnia, oglądając film w telewizji, zareagowała na całującą się namiętnie parę:

– A między nami niczego takiego nie było. To niepotrzebne.

– Naprawdę tak uważasz?

Naprawdę tak sądziła. Seks, głupota dorosłych. Te wszystkie gesty, cały teatr. Śmieszne i mocno żenujące. Dla prawdziwej miłości – rzecz zbędna.

Nieustannie mieli sobie bardzo wiele do powiedzenia.

19

Opowiadali jakieś historie, nie bardzo nawet wiadomo o czym. Gdy słuchałam ich rozmów, wyłaniał się chaos. Zdarzeń i zdań. Wypowiadanych szybko, które drugie łapało w locie. Nieuchwytny temat. Tylko dla dwojga zrozumiały, istotny, nie do wyczerpania.

Ich konwersacje przez komputer: Jesteś!!! No! Jestem!!! I rysunki buziek, często ze złą miną.

Kiedyś wychwyciłam, jak rozmawiali, jaki kolor może mieć kosmos. On mówił, że niebieski. Ona – że czarny. W końcu, po długiej dyskusji, zgodziła się na ciemny granat. Co miałam powiedzieć? Wyjawić im, że kolor to nie jest żadna solidna własność fizyczna? To się widzi, ale na tym nie można polegać. To tylko długość fali. Postanowiłam nie naruszać ich zaufania do świata. Nie komentowałam, pochwaliłam ją. Więc moja córka ma skłonność do kompromisów. Dobrze!

Widziałam ich, jak wracali ze szkolnej wycieczki. On niósł jej różową torebkę. Mimowolnie uśmiechnęłam się. To przypominało pewną parę emerytów, choć tamta pani nie miała nic różowego. Ale to też był kicz.

Nic dziwnego, że śmiano się z nich w klasie. Mimo to stawali w jednej parze.

Na docinki reagowali spokojnie, zdziwieniem:

– Ciekawe dlaczego? Przecież to głupie.

Tak, głupie.

Pewnego dnia dziewczyny powiedziały jej:

– On cię już nie kocha. Teraz będzie chodził z Julią. Zobacz, stoją razem, rozmawiają. Teraz ona jest jego dziewczyną.

Najbliższa koleżanka. Z tej samej ławki. Tego dnia, kiedy przyszłam po nią, wyczułam powagę chwili.

– On mnie porzucił – powiedziała.

I szłyśmy, milcząc, a ja myślałam, jak dam sobie radę z jej rozpaczą. Jak ukoję łzy. Słodki kompot, ciasteczka – to przecież żałośnie mało wobec miłosnego zawodu. I niewiele da się załatwić słowami. Są rzeczy, na które nie ma lekarstwa. Porzucenie musi boleć. I na nic wszystkie moje doświadczenia. Przeżyłam to kilka razy, ale nigdy tak nagle. Tak, nigdy! A zawsze bolało. To było jak choroba. Ciężka. Chowałam się pod koc, aby ją przeczekać. I łzy, zawsze dużo łez. Z czasem rozpacz przechodziła w łagodny smutek. Który ciągle czuję. Lekka mgiełka, nawet w chwilach szczęśliwych. To już nie ustąpi, tak ma być, trudno. Chroniczny stan tęsknoty. Z tym się żyje nieco melancholijnie, ale może pięknie.

– Babcia miała rację – powiedziała nagle w połowie drogi. Trzymałam ją za rękę, nie mogąc wydusić słowa. – No tak, babcia mnie ostrzegała. Że chłopcy w tym wieku są niestali. Nie ma co na nich liczyć. I to się tak skończy. Znajdzie sobie inną. Albo pójdzie do kolegów i jeszcze będzie się ze mnie wyśmiewał. Babcia miała rację.

– Córeczko, nie mów tego, proszę! – powiedziałam cicho.

W domu nalałam kompotu. Piła uważnie ze szklanki, wyjadała truskawki.

Ja miałam w środku pokruszone szkło. Cały dawny smutek do mnie wrócił. Ostro. Ona była spokojna.

– Czy mogę wyjść na podwórko? – zapytała po chwili.

– Na podwórko?

Wyjrzałam przez okno. Wzdłuż huśtawek przechadzał się Drugi Ł. Po chwili zobaczyłam, jak razem biegną, coś krzycząc.

A więc to tak.

To tak.

– Więc Ł.? – zapytałam, gdy wróciła.

– Wcale nie.

A jednak. Za dużo przeżyłam, żeby nie widzieć. Tego błysku. I wyrachowania.

Tymczasem Z. wrócił do domu, mówiąc:

– Ona mnie rzuciła. Ale ją odzyskam. Będę miał teraz dwie.

– Dwóch nie można!

– Dlaczego?

Był naprawdę zdziwiony.

– Dlaczego? Wyjaśnijcie mi: dlaczego? To jakaś okrutna niesprawiedliwość, głupota dorosłych! Mógłbym kochać obie, nie tak samo, ale obie. Niech się pogodzą, to przecież koleżanki.

Wszystkie wyjaśnienia były złe. Nie, bo nie. Jest zakaz.

Nie miał zamiaru porzucić Joanny. To wszystko było podstępną i nędzną intrygą kilku koleżanek. Wydało się po kilku dniach. Także dziewczęce przyjaźnie mogą być groźne dla miłości.

Stopniowo się rozjaśniło. Teraz znów się bawią. Ale coś zostało popsute i nie ma już powrotu. Po prostu zaczął się etap realizmu.

– Z. jest drażliwy. A może nerwowy? – mówi czasem Joanna.

– Co przez to rozumiesz? – pytam. – Jaka jest różnica?

– No nie wiem. Myślę, że bardziej nerwowy.

Ja też nie wiem.

To nie jest proste. Jego dzikie pomysły, wybuchy. Trzeba to znosić, łagodnie tonować. Kiedyś chciał przy niej wyskoczyć z jadącego samochodu. Tacy są chłopcy! Może chciał pokazać, że w istocie jest Batmanem. Ale na to nie można pozwalać. To się gasi. Spojrzeniem, gestem, odmową podziwu. Trzeba.

Tymczasem pojawił się K. Zauważyła, że zwraca na nią uwagę. Takie rzeczy się wyczuwa. Rozmawiała też z B., który kocha jej nową koleżankę. Nawet często, o poważnych sprawach. Powiedziała kiedyś do B., że w połowie wypełnia ją pesymizm. W ćwiartce – nerwowość. W drugiej ćwiartce – miłość. Do bliskich. Zdumiewające! U mnie proporcje były zwykle inne. Może dlatego bardziej cierpiałam.

– K.? B.? A Z.? Co z nim? Czy to przeszło? – pytam, patrząc z góry, jak spogląda w lustro i przygładza jasne włosy przed wyjściem z domu. Na nosie – znowu przybyło piegów.

– Jedno ci powiem. To nie była miłość prawdziwa. To tylko złudzenie – stwierdza kobieta ośmioletnia, po przejściach.

– Wcale nie – odpowiadam. – Nie masz racji!

Niepokoi mnie ta zdolność zaprzeczania. Ten szczególny talent mojej córki. Niepokoi mnie, bo to znam. Oznaka zdrowia, czyli pewien rodzaj kobiecego draństwa. Koniecznego w życiu. Poradzi sobie. Tak trzymać! A jednak wolałabym wierzyć, że istnieją także uczucia bezwzględne.

Pewnego dnia – poranna kłótnia z siostrą. Krzyczały na siebie: „Pierdolnięta!" i „Ty cholerny bękarcie!". A ja stałam bezradna. Nie byłam w stanie bronić jednej przed drugą. Jakby walczyły ze sobą dwie moje ręce, prawa z lewą.

Krzyknęła do mnie, zawiedziona, że nie stanęłam po jej stronie:

– Wiedziałam! Zawsze to podejrzewałam!

23

– Co?

– Że moje życie kompletnie nie ma sensu!

To była zemsta na mnie za to, że ją urodziłam. Potem znowu przed lustrem czesała złote włosy. Widziałam, że patrzy na swoje odbicie i jest zadowolona. Już po chwili pobiegła wesoło na spotkanie swoich miłości. Wszystkich naraz. Joanna szalona.

To w skrócie także i moja biografia, choć nie zgadzają się fakty i imiona. Ale one przecież nie mają znaczenia.

Długa litania imion na M. Oraz inne litery alfabetu. Jednoczesność. Nakładanie się. Nie ma sensu tego opowiadać. To samo, nie tak samo. Ale tak jakby. Historie miłosne? Jakie historie? Nie ma żadnych historii. Ciągle to samo, opowieść jest jedna, tyle że rozwidlająca się, poplątana, okrutna bajka, pełna zaczynających się pobocznych wątków. Bohaterów, którzy się pojawiają i znikają ze sceny. Wszystko jedno, komu to się zdarza. To jest jedna ze spraw wstydliwych i M. wie coś o tym.

Zakończenia brak.

I to jest dopiero historia! Jesteśmy razem, nic się nie dzieje, zaledwie – falują nastroje. M. rozumie mnie coraz lepiej, a ja go bardzo szanuję. Najważniejsze jest napięcie. Rośnie, chociaż to niemożliwe. To się nie zdarza normalnie, a jednak się zdarzyło.

To trwa.

Sól

Kiedy pytasz mnie, czego pragnę, jestem naprawdę zdziwiona. Czegóż mogłabym pragnąć jeszcze? W tym momencie? Pogrążona w kontemplacji nas obojga i wszyst-

kiego wokół, mogę co najwyżej marzyć o rzeczach nie-
możliwych. Na przykład: osypać się na ciebie w postaci
kryształków cukru... I żeby każda cząstka była kryształ-
kiem, obdarzonym świadomością. Załamujące światło
pryzmaty. Tysiące tęcz.

A potem myślę – jak by to właściwie wyglądało? Pięćdziesiąt kilka kilogramów cukru, spadające z sufitu...
Szum, biel śniegu i cudowne zjawisko. Ale co dalej? Kto
to posprząta? Nie do pozbierania. Szufelką, odkurzaczem,
cukier w szparach podłogi, w pościeli, na twoich brwiach.
Nie do rozklejenia. Wtedy z tego cukru wydobywam trochę ironicznej soli i wracam na miejsce. To jest po prostu
niemożliwe. A przez to właśnie prawdziwe. Być – nie być,
rozpłynąć się, nie ma pytania, całuję cię lekko w czoło
i czuję słony smak. Wyraźnie.

Znowu Joanna

– Tę historię, którą opowiedziałaś, znam! – mówi Misio. – Ona się wcześniej już wydarzyła. I to mnie właśnie!

Głos – lekki falset. Zastawione antykami mieszkanie
geja, który nieco posiwiał i zaczyna myśleć melancholijnie
o zbliżającej się bezdomności kochanych przedmiotów,
która kiedyś nadejdzie. Trzeba będzie gdzieś ulokować te
najcenniejsze. Przedmioty sentymentalnej troski. Pewną
fotografię z przełomu XIX i XX wieku, przedstawiającą
nagiego chłopca. Wielkie nazwisko niemieckiego fotogra-
fa z tej epoki. Rozczulający jest ten chłopiec, a raczej jego plecy. Bezbronne, delikatne, młode, a dawno już nie-
istniejące. To najbardziej zadziwia. Na fotografii są tak

miękkie, że chciałoby się ich dotknąć. Jest jeszcze reprodukcja ryciny Franza von Bayros, ilustrującej pamiętniki Casanovy: w buduarze dama w peruce i mężczyzna, zdumiony jej urodą. Ona – wyraźnie świadoma tego, jak potęgować wdzięk. Kusząco patrzy. To jest po prostu śliczne. Na dodatek egzemplarz, oprawny, w półskórku, po niemiecku, ozdobiony jest herbem z książęcą mitrą. Wypukły, nadaje się do gładzenia. A na półce jest rzecz całkiem specjalna: dzbanuszek, kiedyś własność pewnego pisarza, który dziś jest prawie zapomniany. I jego przyjaciela, bo mieszkali razem. Na herbatę, z niebieskim wzorkiem. Wiadomo, kto z niego nalewał, kto go mył, przez jakie przeszedł ręce. No, było tych rąk trochę, bo ruch u nich był duży. Raz Tomek, raz Tadek na osłodę i dla urozmaicenia. Wtedy tacy młodzi! I nawet wiadomo, jakie ręce nadtłukły mu lekko dziubek, przez nieuwagę. Gładkie ręce, miłe. Nie szkodzi, dzbanuszek jest tym cenniejszy, ale tylko dla kogoś, kto wie, zna historię. A nawet znał te ręce, nieuważne, a ciepłe.

Ale to inne historie, nie o nich dzisiaj rozmawiamy.

– Znasz tę historię? Dziecięcego zauroczenia? – pytam.

– Tak, bo byłem takim chłopcem. Jesteś zdziwiona? Chodzi o dziewczynkę.

Nie da się ukryć, tak. Jestem zaskoczona.

– Tak było. I nie potrafię ci tego wyjaśnić. Wszystko, co nas spotyka w dzieciństwie, jest w gruncie rzeczy bardzo tajemnicze. To się zdarzyło w pierwszych latach szkoły. Ona była moją wybraną dziewczynką. Joanna. Dopiero później nadszedł okres siostry, przyjaciółki. Wszystko było, jak mówisz. Zauroczenie. Wydawała mi się cudowna, moja, i odkąd ją pokochałem, przestały mnie trapić pytania, co ze mną będzie kiedyś i czy się nie zgubię w tym wielkim świecie, i czy dam radę być mężczyzną, czyli dzielnym chłopcem, który pokonuje trudności i zawsze wie, co ma robić. Tak było!

Chłopiec tkwi w nim jeszcze, widać go, gdy opowiada.

– Wyobrażałem sobie dokładnie naszą przyszłość: małżeństwo. Będziemy tańczyć, tańczyć, tańczyć. Cały wieczór, całą noc, do świtu. W wielkiej sali. Nad nami rozbłysną kryształowe żyrandole i kandelabry po bokach, a kryształ zwielokrotni światło. Ona będzie miała suknię niebieską, z tafty, albo jakiegoś innego zwiewnego materiału. Takich słów nie znałem wówczas, ale przecież nie chodzi o słowa, ale o muśnięcie, lekkie muśnięcie brzegiem sukni i miękkość jej opadania w rytm naszych obrotów. I nasze oczy, jej niebieskie oczy zapatrzone we mnie. Ta scena wciąż trwa i widzę ją pod powiekami. Tyle się stało w naszym życiu, już nie wiem, czy jesteśmy inni, czy może ci sami, ta realna Joanna urodziła dzieci, bywała bardzo nieszczęśliwa, i ja zresztą także, ale byliśmy nieszczęśliwi osobno i może dlatego tamten mit wciąż żyje. Gdy zamknę oczy, widzę jeszcze, jak nasze cienie przesuwają się po ścianach wielkiej sali, w której jesteśmy sami, a nasze odbicia wirują w lustrach. A jeśli to trwa dotąd – powróci. Tak myślę! Nieważne, że tylu rzeczy nie wiem, dlaczego w życiu tyle brutalności i co poradzić na nasze przemijanie, jak ratować moją matkę i co zrobić, żeby kochał mnie chłopak, który mieszka daleko i może o mnie zapomniał. Pielęgnujmy sny i marzenia. Prawdziwa miłość nie mija, trwa dalej, nawet jeśli realny świat ją pożarł i nie ma już wiele wspólnego z życiem. Pozostaje snem. To się powtarza, a ty mnie nie rozumiesz!

– Ach, Misiu, piękne, ale mówisz do bardzo realnej kobiety! Odnaleźć, co zgubione. Ale co? Wszystko naraz?

Wyobrażasz to sobie? To kłębowisko, wszystkie prawdziwe miłości naraz, odnalezione, wszystkie w fazie szczęśliwej, jednocześnie. Bo przecież nie tylko pierwsza była taka piękna. Z takiego raju trzeba by uciec, czym prędzej, to piekło. Więc się boję.

I muszę żyć w tym świecie, w którym wiele jednak daje się zapomnieć, choć nie całkiem, umieścić w nieużywanych rejonach pamięci, na jej śmietnikach, na strychu. Jeśli wyciągać – to ostrożnie.

Tak, pamiętam siebie czteroletnią i M. w przedszkolu. Mieliśmy być zawsze razem. Małżeństwo było już postanowione. Już nawet nie pamiętam dobrze, jak wyglądał. Ale dobrze pamiętam nasze rozmowy. O domu. Śmiali się ze mnie w przedszkolu: Twój mąż idzie!

A najstraszniejsze było kiedyś na leżakowaniu: „Twój mąż się zesikał!". Chciałam go bronić, krzyczałam z pasją: ależ nie! jesteście wredni! To nieprawda! Ale to była prawda, niestety, dość bolesna. W miarę, bo jeszcze był inny M., któremu takie rzeczy się nie zdarzały, całe szczęście. Tylko on nie mówił o małżeństwie. To ja o tym marzyłam. Moje uczucia były więc jak ciężka chmura, jakieś nieforemne i trudne do sformułowania. Obowiązki. Wobec tego, który pokochał mnie, i tego, którego ja bym wybrała. Ale ten uważał, że nie czas, to może będzie kiedyś, w przyszłości, jak dawno – dawno temu w bajce, tylko w przód.

W przedszkolu było niedobrze, więc z pierwszym M. uciekaliśmy w kąt podwórka. Nie powiedziałam mu o drugim M., żeby go nie martwić. W skrytości trapiłam się i sobą, i naszą przyszłością, że mam za małe ręce, a małżeństwo wymaga od kobiety dużo pracy. Pranie, sprzątanie, gotowanie. Nie umiałam tego, co moja mama.

„Nie martw się – pocieszał – dokonam w życiu wielu wynalazków i nic nie będziesz musiała robić. Zbuduję robota do obierania ziemniaków, sprzątania. I pralkę, która sama pierze. Kuchnię, która sama gotuje. I jeszcze wiele innych rzeczy. Będę na pewno bardzo sławny, a ty będziesz przy mnie". No, tak, obiecałam. Ale stało się inaczej.

Dorosłam, dalej trwała okrutna bajka. Już nie wiem, czy o mnie. Ona spotkała innego M. Ale się go bała, a on wreszcie stracił do niej cierpliwość. Była zbyt zwyczajna. Znalazł sobie inną i był gotów zrobić dla niej wszystko. Nawet podpisać cyrograf. A ta pierwsza może powinna się załamać, ale też już poznała kogo innego, odpłynęła. Ciekawie było, ale nie do ułożenia. Więc po jakimś czasie ktoś inny, kto odkrył jej zalety, o których nie miała pojęcia, że je posiada i że można je cenić. Miał dla niej bardzo dużo cierpliwości i bardzo wiele poświęcił czasu, aby jej tłumaczyć: jesteś niezwykła i dasz sobie radę. Zawsze będę w ciebie wierzył. Ale sprawiał jej kłopot i wstydziła się niejasnej sytuacji. Małżeństwo było niemożliwe. Potem znowu inny M., o którym trudno zapomnieć. Ale gdy wyjechała daleko – M. kolejny, z początku zagadka całkowita, której rozwiązanie dyktowała jej tylko intuicja. I wszyscy oni mieliby powrócić do mnie? Nie ma mowy.

I tak dalej. Ta bajka nie ma sensu, ale ma stałą logikę.

Znam ją, jestem już sobą zmęczona. Troszeczkę.

I w miarę szczęśliwa, bo w domu czeka na mnie M. i jest niecierpliwy.

Adam

Nie lubię całej tej paplaniny. Nacierania się słowami. Sztucznych zapachów. Najpierw musiałem nauczyć ją milczenia. Żeby przestała gadać. Nawet to polubiła. W każdym razie nie było, żeby nie.

Kobiety powinny chodzić nago. Nie chciała.

Zakochać się – dziwaczny pomysł, nie do wyjaśnienia. Dlaczego jej na tym zależy? To po prostu podnieca, dlaczego ona nie chce się na to zgodzić? To jest namiętność i nie ma na nią siły. Taka dziura, którą trzeba zatkać. Poza prawem.

Bądźmy ze sobą na moich warunkach. To jest znacznie prostsze. Niczego nie ustalajmy. Nie mówmy. Po prostu: chodź! Możemy stworzyć razem to dziwne ciało, trzęsące się, ale szczęśliwe. Obopólnie nijaką, dwupłciową galaretę. Pozbawioną sensu, a przez to całkowicie oczywistą.

– Co czujesz? – pyta Irmina, licząc, że usłyszy coś niebywale pięknego, co ją rozświetli i uniesie.

Ale on odpowiada niechętnie:

– Bo ja wiem?

Dobrze

– Co robimy dzisiaj? Czy to nie nudne?

– Nie, nie nudne. Dzisiaj mamy nową zabawę.

Wspinamy się po schodach.

Są wysokie stopnie.

– Z pierwszego schodka – co widać?

– Twoje włosy.

Ale niezbyt dużo. Jeden kosmyk. A jednak jest miły. Można go pogłaskać.

No, to przystanek. Głaszczemy, odpoczywamy.

– Z drugiego schodka – co widać?

Zamknięte oko, i to na krótko.

Bo to, które patrzy, także się zamyka.

Przystanek. Może nawet kropla snu. Nie więcej. Ale ciepło!

– A z trzeciego schodka – co?

– Już nic.

Tylko biała ciemność.

I właśnie o nią chodzi.

Dlatego warto było się wspinać.

Teraz schodzimy. Na dole nic dobrego. Jakaś kłótnia, niezrozumienie, pomoc, ale nie w porę, bo trzeba było wcześniej. Dlaczego? Nie podniósł, sama dźwigała po schodach, nie poprosiła. Dlaczego nie powiedziała? Podjechałby wcześniej samochodem. Było ciężko, dała radę sama. Teraz pomoże. Teraz za późno. On czuje się urażony, bo chciał dobrze przecież. A ona zawsze swoje.

– Dziękuję, ale nie opłacała mi się ta pomoc – mówi ona w końcu i odwraca głowę. A było tak dobrze!

Teraz, z samego dołu widać więcej. Wad, braku zrozumienia, braku cierpliwości i dobrej woli. Jeśli uwierzyło się w absolutną jedność – to niewybaczalne.

Następny wieczór zaczyna się więc gdzieć w piwnicy. Milczenie, uraza i zimno ścian. Nie ma właściwie powodów do kłótni, jest tylko ciężki, ale życiowo mało ważny, zawód.

Dla kobiet szczęście płynie z wyobraźni – naucza *Kamasutra*. Niestety, także nieszczęścia mogą być jej dziełem. Dziś wyobraźnia jest piwniczna.

Za co to nas spotkało? Za co? Więzienie? Małe okienko, zarośnięte pajęczyną. Jak się stąd wydostać?

To kara za tę chorobę z urojenia.

Tę na „m".

Po raz pierwszy

Kiedy dotykałam cię po raz pierwszy tak czule, tak łagodnie, przestraszyłam się, że umarłeś. Miałeś twarz nie z tego świata. Nikt na tym świecie nie pokazuje innym takiej twarzy. Wykluczony jest całkowity spokój. Zabronione jest niepatrzenie. I jeżeli patrzysz, to musisz coś widzieć. Ale ty nie widziałeś mnie ani niczego. Byłeś cały w środku. Jak w łodzi, która porusza się z prądem, niesiona nurtem mojego dotyku w absolutnej ciszy. Nie pamiętam, co działo się potem. Całkowita czułość.

I nic się nie działo. Nie było wydarzeń. Zniknęła nawet tajemnicza historia naszego spotkania. Furia miłosnej konieczności zamilkła i schowała ogon z ognia, taki jak u smoka.

Ten profil. I ta twarz widziana z góry, twarz milczenia. Bałam się bardzo, że wraz ze spokojem nadejdzie zimno. Że dotknę struny zbyt wrażliwej i zakazanego miejsca. Więc leżałam obok, dotknięta lękiem, chłodem i oniemieniem.

Wtedy podniosłeś mnie z wody i przykryłeś ciepłem. Uratowana, ale wciąż na skraju. Nie mogę patrzeć na ciebie, nie myśląc o lęku.

Weekend w Wenecji

Ona jest wolna, on – nie. Tak bywa. I to nawet dość często, niestety. Cóż, gdyby nie zdarzały się takie historie, większość małżeństw by trwała do śmierci. Nawet te puste, do cna wypalone, martwe.

On nie jest pewien, do czego to doprowadzi, co ma robić i czego naprawdę pragnie. Na razie od jakiegoś czasu trwa romans, a żona nic nie wie. Był od dawna kompletnie znużony i wydawało mu się, że jest stary. Ona, Irmina, to jego młodość. Taka ładna! Żeby tylko nie chciała zbyt wiele!

Umówił się więc z nią dość daleko, w innym kraju. Może ją kocha. Może kocha obie. To trudne, bo oznacza, że z żadną nie może być naprawdę szczery. A więc trochę się czuje samotny, pomimo dwóch kobiet. Wyjazd miał wiele rzeczy wyjaśnić, ułożyć.

Oboje marzyli od dawna o Wenecji. Bardzo romantycznie. I trudno było to załatwić, bo ona w nowej pracy, ciężko o urlop, a on także musiał znaleźć jakiś pretekst.

Trudno się przyznać, ale te trzy dni razem sprawiły im lekki zawód. Owszem, pięknie. Chociaż trochę zimno i za często pada. Bliskość nie sprawiła, że stali się nagle szczęśliwi. Chociaż – dużo przyjemności. Wyjście do restauracji, jej wieczorowa sukienka, bez pleców. Jej naturalny wdzięk, rozmowy. Ręka pod jego ramieniem. Łagodność. Na kolację zamówił wyszukane dania. Pierwszy raz przy nim jadła ostrygi. I to było miłe. Jej naiwna radość, oczekiwanie, że ją nauczy, jak to się robi, jak otwiera się muszle, skrapia cytryną i wciąga. Robiła taki śliczny dziubek.

Irmina. Jakie dziwne imię. Zwykle denerwowały go takie imiona. Okropne! A to działa uspokajająco. Zapewnia, że ona jest jedna, drugiej takiej nie ma.

Zwiedzali muzea, galerie i podziwiał, jak Irmina lekko unosi brwi, gdy coś zwraca jej uwagę. To wspaniałe. *Burza* Giorgione. Ona miała takie zachwycone oczy! Ale jego ten obraz wprawił w konsternację. Ta kobieta wyraźnie przypomniała mu żonę. Takie same piersi, coś w schyleniu ramion, brzuch, trzeba przyznać – spory. Tylko twarz inna. Uff, może to arcydzieło, ale szybko popatrzył w inną stronę. I całe szczęście tam stała Irmina.

Włóczyli się po placach, ulicach i wygiętych mostkach. Irmina wyginała się do niego nie mniej wdzięcznie. Ale żadnych zdjęć, wykluczone! Są inne atrakcje. Nawet sklepy, do których wcześniej nie miał cierpliwości. Mało powiedziane! Doprowadzały go do szewskiej pasji, gdy zdarzało się, że ciągnęła go żona.

Teraz on odpoczywa. Oddycha głęboko, jakby to nie było powietrze miasta nad laguną, mokre i niezbyt miło pachnące. Ona nie ma pretensji, radosna, łagodna. I to takie piękne: oglądać złote kolczyki, które się spodobały obojgu, a potem obserwować w sklepie, jak tańczą wokół jej szyi, gdy specjalnie, na chwilę upięła włosy wysoko. Dla niego, dla nich. Ładną ma szyję. Zgrabną głowę. Nawet sprzedawca to widzi. Chcesz kolczyki? Kupię! Ale ona potrząsa głową:

– Ależ nie, wykluczone! Nie lubię zbyt drogiej biżuterii. Wymaga eleganckich butów i ubrania. Nie! Nie kupuj! To nie mój styl i naprawdę czułabym się głupio...

No cóż. Nie kupił.

Za to dobrze wygląda w wieczorowej sukience. Nawet jeśli to nic specjalnego. A ich nogi szybko uzgodniły wspólny rytm. Jedna-druga, jedna-druga. Jak taniec! Odgłos ich kroków w malowniczych zaułkach jest rozczulający.

Opowiedzieli sobie o swoim dzieciństwie. To bardzo zbliża. On właściwie niewiele, bo prawie nic nie pamięta. Tak, chyba kiedyś był mały. Irmina powiedziała, że miała zostać baletnicą. Tak! Uprawiała taniec. To widać, to się czuje w jej ruchach. I od tej pory, kiedy patrzy na nią z czułością, myśli: moja tancereczka!

Jeden zgrzyt, gdy rozpoznała go przypadkiem spotkana w muzeum dziennikarka. Ale to był tylko moment. Uśmiechnął się, ukłonił się z daleka, ma nadzieję, że będzie dyskretna. Bo ona, całe szczęście, nie jest z plotkarskiej prasy, ale z radia. Na pół godziny zamilkł. Wrócili do hotelu.

Ciało Irminy jest zgrabne, miłe, chłodne. Tylko trudno jej zasnąć u jego boku. Mówi, że nie jest przyzwyczajona, za długo mieszka sama. A więc po trzech dniach – pod jej oczami trochę niebieskiego cienia. Ciekawe, jak ona będzie się starzeć? – myśli on, pewnie z większym wdziękiem niż moja żona. Za nic nie wypowiedziałby na głos tej myśli. Strasznie nietaktowna. No cóż, trzeba zmienić temat.

Jej włosy na poduszce. Ładny kolor. To chyba farba?

– Jaki naprawdę kolor mają twoje włosy?

Ona odpowiada, że kiedyś była blondynką, jako dziecko, a teraz naprawdę nie wie, jaki jest jej prawdziwy kolor. Taki dość nudny. Istnieją nudne kolory? No tak, a to nie farba, to szampon. Ach, szampon? Tak, szczypta miedzi i już jest inaczej. Trochę temperamentu. Miło rozmawiać w łóżku o rzeczach nie całkiem ważnych, gładząc jednym palcem jej udo. Trochę leniwie kluczyć po zakamarkach jej ciała, wymijając ich zasadniczy problem. A nawet kilka.

No, tak, chodzi o ten temperament. Właśnie to zawodzi. Jest miło, owszem, czują. Ale jakoś niekoniecznie. Ich ciała pasują do siebie, ale brak w nich ognia. Odpoczynek. To jest jakaś odpowiedź na życiowy problem. Może dlatego tyle melancholii w ich spotkaniu. Słodycz i smutek zarazem.

W końcu po to właśnie przyjechali, by się czegoś o sobie razem dowiedzieć. Spokojnie sprawdzić, wypróbować. Przecież nie po to, żeby było po prostu przyjemnie. To za mało. Nie dziwi się, że ona patrzy na niego lekko spłoszona. Tylko tyle? Naprawdę nic więcej? Te uniesione brwi – właśnie to znaczą.

Wenecja witała i żegna ich w deszczu. No cóż, tak wyszło. Tak się okazało, trudno dyskutować. Trzeba spokojnie spakować walizki, weekend się kończy, a ciąg dalszy czeka. Ona składa suknię, lekko maluje się, a potem zbiera porozkładane w łazience kosmetyki. Chce mu pomóc, gdy widzi, jak on wrzuca koszule do torby, zmięte. I gacie. To trochę trudne, widzieć go w takiej roli. Chętnie by go spakowała, ale on nie chce. Nie mówią tego, ale pewnie chodzi o to, że wszystko musi wyglądać jak zwykle, gdy wróci i żona rozpakuje jego rzeczy, żeby nastawić pranie.

Jej walizka robi ostatnie „klap". Te szczegóły, niemające przecież większego znaczenia, jednak uwierają. Skarpetki. Jego drapanie się za uchem. Tak trudno! Że też bycie razem składa się z tylu banałów i nie da się od nich uciec. Nawet w Wenecji on stoi i ziewa.

Wtedy Irmina nagle robi niewielki gest wskazującym palcem. W kierunku łóżka.

A już byli ubrani, naszykowani do drogi.

– Chodź, na pożegnanie! – ten głos, ten szept.

Chciał zaprotestować: nie ma czasu, co za pomysł! Nie zdołał.

Ona go chłonie... Nie podejrzewał, żeby kiedykolwiek marzył, aby zostać pochłoniętym...

A jednak. Właśnie tego potrzebował.

– O Boże! – wzdycha, a potem się waha. – Co mówię, przecież jestem, kurwa, niewierzący.

Ona jest przerażona tym, co właśnie się stało.

– Gdybym nie mogła się podnieść – szepce w sufit – pozbieraj mnie, proszę. Przemieszałam się z tobą, może być mi trudno znowu się skleić.

– Jeśli dam radę – odpowiada on i wychodzi do łazienki.

Okrutnik. Chwila idylli, teraz katastrofa. Rozstanie na całe trzy minuty, w takiej chwili.

Krótka kontrola: sufit nad hotelowym łóżkiem wisi prosto, nie buja się wcale. W końcu: co to było? – myśli ona, szukając wokół na podłodze swoich rzeczy. Lekkie mrowienie, małe zaćmienie.

On zwalnia łazienkę, ona ze zdumieniem słyszy, że właśnie, swoim zwykłym głosem, zamawia taksówkę na lotnisko. A więc spojrzał na zegarek i wkroczył do świata rozsądku. Szybko, trzeba go gonić, bo odleci bez niej!

Irmina energicznie wstaje z łóżka. Zostawię wzburzone włosy, nie będę się czesać – myśli, patrząc na swoje odbicie w łazience. Takie ogniki wokół głowy. Bagaże są spakowane, nas tylko brak. Taksówka już jedzie, gdy ona pracowicie wbija uda w rajstopy.

Stało się trochę za dużo, ale co najmniej o dwa dni za późno. Za poważnie, żeby kiedykolwiek zapomnieć. Za późno, żeby się zastanowić. Nie zdobyli się na to, żeby porozmawiać. Wydawało się, że trochę nie ma o czym. Teraz nie ma czasu. Muszą się wkrótce rozstać, ale nie definitywnie. Co robić? Panika! Przede wszystkim trzeba zdążyć na samolot. Czeka ich stare życie, rodzina, interesy.

Teraz nic nie mówią.

To on

To on, mój pożądany. Nie rozmawiamy zbyt wiele. Język jest zbyt chłodny. Opóźnia chwilę zetknięcia języków. Po prostu kładziemy się obok i samo zaczyna się dziać.

On szuka w moim ciele kryształowej kuli. I jest kula, ale posrebrzana. Potem szuka jeszcze małego serca dzwonu we wnętrzu. Nie można go zobaczyć. Można poczuć. Jak bije, bije, bije i zanika echem w piersiach i w nogach.

A potem zasypia u mojego boku, spokojny, zmęczony, i chrapie. A ja najbardziej kocham jego dobre ciepło, które spływa aż po moje palce u stóp.

Ucho

Nieskończone zdziwienie budzi we mnie twoje ucho, które wyłania się nagle z ciepłej mgły, gdy leżąc obok ciebie, otwieram oczy. Więc on ma zgrabne uszy – myślę. I całkiem ładne usta – upewnia drugie spojrzenie. To przyjemne, a jednak nie chcę patrzeć zbyt długo. Bo wzrok kłamie. To wielkie TAK jest wobec kształtu uszu i ust obojętne. Przecież nie chcę tego ucha złożyć na katafalku westchnień i zachwytów. Ucho, zwykłe, dobrze wykrojone, z aksamitnym płatkiem. Nie chcę przemienić go w obiekt czci. To ucho do słuchania, bardzo pożyteczne. Zamykam oczy. Staje się znów niewidzialne.

Chciałabym szeptać do niego: Ach, najchętniej jutro wybrałabym się z tobą na wesoły spacer, aby w parku karmić wiewiórki! Krzyczałabym do ciebie: popatrz, popatrz, tam skacze. Jeszcze jedna! Ruda!

I nieważne, że jutro nie będzie niedzieli i spędzimy dzień w pracy, szaro, osobno i dość nudno. Popatrz, popatrz, skacze! Między nami, wesoło jak wiewiórka, dzika radość i zręczność, ekstaza skakania i pewność trafiania ponad przestrzenią na gałąź.

Dołem – przepaść.

Krokodyl

On jest potwornym dzieckiem, które ulęgła moja wyobraźnia. Nie wiem kiedy. Musiało to się stać w nocy, bezboleśnie musiałam znieść jajo. Może myślałam, że to sen bez znaczenia. Wykluł się samodzielnie, dorósł bez pomocy. Dostrzegłam go dopiero, gdy był już duży.

Od tej pory wiem, że hoduję w wannie dorodnego krokodyla. Wabi go mój zapach. Wciąga go w nozdrza i rozwiera paszczę pełną nierównych zębów. Nic nie mówi, to przecież krokodyl. Pokazuje mi tylko, jak puchnie z głodu. I zrywa się, machając bezradnie krótkimi łapami, waląc ogonem.

Moja wina – myślę – że tak strasznie cierpi. Moje ciało go dręczy. Sprowadza na niego ból. Sama siebie przerażam, gdy patrzę w nieprzeniknione oczy o wąskich źrenicach gada i widzę to skupienie. Nie chcę, aby mnie oglądał. Więc podchodzę blisko, w pole nieostrego widzenia i zasłaniam mu własną piersią straszne oko. Chwyta jej kęs pospiesznie. I wyrywa drugą. Dobiera się do wnętrza i wyżera rybę między moimi nogami.

To nawet nie boli. To konieczne. To nawet pomaga. Poczucie winy ustępuje i wypełnia mnie od środka ciepła słodycz krwi. Pełna wanna. Ale jego to nie zaspokaja.

Wiem, czego pragnie. Chce, żebym umarła. Chodzi o śmierć małą, zwykle odwracalną, ale pewnego dnia mogę się utopić lub zostać pożarta. Więc się boję. Przecież z krokodylem pławię się w wannie. Zaczynam się wyrywać. On chwyta mnie mocniej. I przydusza do dna. Mówię do niego. Nie słyszy. Nie rozumie. Szarpie.

Mam na niego sposób. Przywieram do porowatej skóry i zaczynam gładzić jego grzbiet łuskowaty. To przecież moje dziecko, biedne dziecko, takie nieforemne – myślę i rozlewam w sobie całą moją miękkość. Ona przenika przez moją skórę i jest jej tak dużo, że on też to czuje. Naciera na mnie mocniej, ale zaczyna charczeć. Czekam. Wypuszcza kilka krokodylich łez. To konieczne. Wtedy zrzuca łuskę. Krokodyl? Dmuchany krokodyl, miękki i dobry. W naszym podwójnym cieple stapiamy się radośnie. I nie wiem, co dzieje się dalej, bo długo jeszcze maślana świadomość raczkuje.

Znowu Irmina

Widzą się znowu po dość długim czasie. Nie wiadomo jak długim. Ona sądzi, że to całe wieki. On, że tylko krótka chwila. Irmina podjęła decyzję. Jeszcze nie wiadomo jaką. Na razie zmieniła kolor włosów, uczesanie. To widać. Zaczęła dbać o siebie. To jest mniej widoczne, bo zawsze wyglądała dobrze. Po prostu wydaje sporo na kremy, chodzi na basen i uprawia jogę od pewnego czasu. I podróżuje sporo. Dlatego, że lubi.

Poza tym ubiera się teraz w takie szerokie, zamaszyste spódnice.

Ach, te jej fasony! – myśli on.

Ale to nie tylko ubranie.

– Nosisz teraz bransoletkę?

– Tak, tę lubię.

– Mówiłaś, że nie lubisz biżuterii.

– Teraz też nie bardzo.

Nie wyjaśni mu, dlaczego. Niewyraźny znak tej zmiany. I chodzi o to, żeby czegoś się trzymać. A jeśli on chciałby właściwie zapytać, czy jej ktoś tego nie kupił, to wie, co właśnie powie. Nic. Że to jej sprawa. Ale on nie pyta.

– Kupiłbym ci tamte kolczyki w Wenecji.

– Kolczyki w Wenecji?

– Nie pamiętasz.

– Nie, już nie wiem, jakie były – odpowiada. Musi pamiętać. Kłamie.

– Podobały ci się. A ja długo myślałem, dlaczego ci ich nie kupiłem. Powinienem był wtedy. I jeszcze coś do pary, bransoletkę, naszyjnik.

– Wtedy to była inna epoka. Myślisz, że wciąż żałuję

41

jakichś kolczyków? Nie! Wcale nie musiałam ich mieć. Czasem miło oglądać piękne rzeczy. Ale to bez znaczenia. Poza tym były bardzo drogie. Złote. Nie chciałam od ciebie drogich prezentów.

Bransoletka jest tania. A jednak oryginalna.

Ta rozmowa nie wiedzie donikąd. To spotkanie jest bez sensu. Wiedzie donikąd. Czyli dokąd?

Ta bransoletka służy do obracania. W kółko. Na nadgarstku.

Podjęła decyzję.

Jeszcze nie wiadomo jaką. Trzyma się bransoletki. Chodzi po ziemi w szerokich spódnicach. Nie odleci.

Ona ma takie szczupłe nadgarstki – on myśli. – I ta nowa fryzura bardzo jej pasuje. Więc wkłada jej po prostu rękę za dekolt.

Szeptem mówi w jej ucho: moje słoneczko... tancereczko... rozchmurz się!

Bransoletka zostaje zdjęta jako pierwsza. A spódnica – potem.

Niestety, jest dobrze.

I gdy fala opada, Irmina czuje się wymyta z dawnej złości i żalu. Do cna.

2

SMS-y

(wybór okazów z telefonu Irminy)

„Pełne rozpalenie. Cię czekam. Ciebie brak. Zapiję się albo zabiję. Co radzisz? Adam".

„Męczysz mnie na odległość. Pozwól, a przyjadę teraz, po prostu!".

„Cierpię na brak Ciebie. Straszliwy ze mnie egoista, chciałbym, żeby Ci było dobrze".

„Nie bądź taka rozsądna, słoneczko. A.".

„Niedługo oszaleję, bo nie odpowiadasz. Skisły z rozpaczy czy wysuszony grzyb? Co wolisz?".

„Przepraszam, jeśli mam za co, proszę o więcej zrozumienia. Z dzikiej tęsknoty te wszystkie głupoty".

„Mnie pomogło na humor i ogólnie. Musimy częściej powtarzać. Masz coś przeciw? Mam nadzieję przeciwnie".

„Tancerko moja, zatańczysz?".

„Z powodów nie do opisania w tym tygodniu nie mogę".

„Jestem zużyty i wypluty, ogłupiały i otępiały. Wyrozumiałości, proszę. I smsa".

„Jeszcze trochę".

„Środa – nie. Koło piątku!".

„Z dna zwątpienia do Ciebie stukam, a ty mnie kopnęłaś, o, nielitościwa!".

„O w mordę, uciekł mi samolot. Dziś nie będę, dopiero jutro, co komplikuje mocno nasze sprawy".

„Słoneczko najjaśniejsze. Zaświeć mi proszę promykiem, a wstanę z upadku i zwątpienia we wszystko".

„Cały pokłuty od kłopotów. Jeszcze trochę cierpliwości".

„Spróbujmy, proszę. Pomyśl, jak mogłoby być miło. Środa?".

„To jest wyższe miło od miłości samej. Najmilsze. Środa? Gdzie?".

„Serce mi się kraje tępym nożem na talarki, ale środa nie mogę. Po czwartku".

„U ciebie jest duży przerób, myślałem, że zostałem wytrybowany. Ja – zawsze o tobie myślę. Wiesz jak".

„Irmino, słoneczko moje! Dlaczego?".

Poznał ją na dyskotece

Poznał ją na dyskotece, tę Mariolę. Miała coś w sobie, a na sobie świecącą bluzkę, jakby srebrną. I takie duże kolczyki. Była z koleżanką. Ale tamtej nie zapamiętał, nawet trudno byłoby mu ją rozpoznać. Patrzył tylko na Mariolę.

Najgłośniej się śmiała. W tańcu bujały się kolczyki. I piersi też skakały nieźle.

Nie pamięta, jak to się potoczyło, ale szybko. Wkrótce potem ona była w ciąży.

Mariola i Sebastian, fryzjerka i mechanik, nieźle – pomyśleli sobie. Jakoś pasuje. To się układa.

– Ona jest z rozbitej rodziny, nie bierz jej, uważaj! – ostrzegała go matka.

– To co? Nawet nie znasz jej matki! O co chodzi?

Co? Wiadomo. Ślub. Wesele. Jak trzeba. Tylko szybko, bo czas naglił, a przecież źle wygląda biała sukienka, jeśli brzuszek by urósł. Z sukienkami teraz nie ma problemu, nie trzeba mieć nowej, z najlepszego sklepu. Oj, patrzyli na nią, a ona się śmiała, ta Mariola.

Ona jeszcze trochę chodziła do pracy, ale wkrótce musiała przestać. Fryzjerka w ciąży, nie wszystkim to się podoba. I ciężko. I nie musiała właściwie, on zaczął nieźle zarabiać, bo się starał. Poza tym nie wydawał na picie, rozrywki. Wracał wprost do domu. Tam nie było dobrze, bo mieszkali u jego matki. Cały czas była do niej źle nastawiona. Więc może byli szczęśliwi, może nie – jak to w życiu. Teściowa z synową nie lubiły się wściekle.

A potem urodziła się dziewczynka. Malutka, zabiedzona, ale piękna. Płakała cichutko. No, niemożliwe, żeby serce matki nie skruszało, jak ją zobaczy, tę małą – pomyślał wtedy. To się ułoży, nareszcie.

Serce matki zmiękło, ale tylko dla dziecka. Synowa Mariola – wróg najgorszy, darmozjad, flądra, fleja i leniuch, który tylko leży. Myśli o lakierach do paznokci i innych głupstwach. A ona nie leżała, oj nic, nieprawda. Zaczęła najpierw uciekać do koleżanek, do zakładu. Robiły sobie pasemka, tipsy. Potem – chciała znowu, żeby poszli na dyskotekę. Ale on nie chciał. Już go nie ciągnęło.

Pomyślał, że to wszystko się ułoży, jeśli będą mieszkać osobno. Bez tych komentarzy, zaglądania w garnki, codziennej kontroli. Załatwił przepisanie na siebie części podwórka i zaczął budowę domu. Powiedział do Marioli: nic się nie martw, masz tylko trochę wytrzymać, póki dom nie stanie. Będzie lepiej.

Ciężko było. Matka niezadowolona, cały dzień robotnicy, rumor od rana i jeszcze trzeba było im gotować. Obie kobiety złe, skłócone, żadna nie ma czasu dla dziecka.

A potem to już było inaczej, bo ona zaczęła przesiadywać z Wieśkiem, murarzem.

Robota nieskończona, rachunki niespłacone, dom bez dachu, a ona zniknęła. Z Wieśkiem. I zabrała dziecko. Córeczkę Patrycję.

Od tej pory – wojna.

– Oddaj mi moje dziecko! – krzyczy Sebastian.

– Spłać mi połowę domu!

– Jakiego domu, nie ma domu, skorupa tylko! Nawet nie ma dachu. Grosza na to nie dałaś, a twój Wiesiek, taka jego robota, nie skończył, rozgrzebał, wziął pieniądze tylko.

– A ostrzegałam! – krzyczy na to matka.

Odkąd dziecko zabrała, odzwyczaiło się i na ojca płacze.

– A widzisz? Boi się ciebie, biedna. Nie możesz jej widywać – mówiła Mariola z fałszywym uśmiechem.

– Skąd wiesz, że to w ogóle twoje? Sprawdzałeś? Jej wierzyć nie można, w niczym – krzyczy jego matka.

– Ty mnie nie dobijaj, i tak już jestem zabity. Pracować nie mogę, złość mnie trzęsie. Już sam nie wiem na co.

Złość trzęsła długo, potem przyszły deszcze. Dach trzeba było postawić, bo wszystko zniszczeje.

– A niech zniszczeje, na to niesprawiedliwe prawo, że za trwania małżeństwa ziemia przepisana i dom zaczęty – więc połowa jej się należy. Cokolwiek zrobisz, wszystko na marne, tylko więcej jej będziesz winien! – krzyczy matka.

– Jak nic nie zrobię, wszystko diabli wezmą, już wzięli, a mnie boli tyle mojej pracy.

Dach stanął, złość nie odpuściła, dziecka żal. Gorzej jeszcze przyszło niż złość – niemoc.

Do matki nic nie mówi, chodzi do nieskończonego domu, na wiadrze gdzieś siada, papierosa pali, patrzy przez puste okna na pola. Odpala następnego, dalej siedzi.

Dał ogłoszenie w Internecie: Szukam dziewczyny, może być z dzieckiem. Nie przeczytał odpowiedzi. Całą zimę siedział w pustym domu, papierosy palił. Wiosną pod dachem zaczęły wić gniazdo wróble. Gdy już się umościły – rozwalił gniazdo, rozgniótł jajka.

Nawet matka się martwi, nie wyrzeka, mówi do niego łagodnie. W sądzie jeszcze jedna rozprawa, wyszło, że ma płacić. Nie dość, że na dziecko, to jeszcze i za dach mu wyliczyli.

Matka zaczęła dążyć do zgody.

– Przywieź nam dziecko kiedyś, Mariola, tęsknimy! – mówi w sądzie w korytarzu. – I tobie lżej będzie, a my się przecież zajmiemy. To ojciec przecież, weź to pod uwagę.

Mariola przyjechała z Patrycją. Ledwie można poznać, tak wyrosła. I od razu jakieś pasemka, kokardki i spinki, jakby to potrzebne było dziecku. Ale teściowa zgodnie, z dobrocią.

– Siadaj – mówi do Marioli – zrobię ci herbaty.

Mariola usiadła, zapaliła, teściowa nic, choć wcześniej nie było jej wolno palić w kuchni. Wreszcie strzepuje popiół i mówi:

– Wiem, że głupio wyszło. Ale to była dla mnie okazja, ten Wiesiek. Żaden mi nigdy wcześniej nie powiedział, że mnie kocha. A on mnie przytulił i mówił, że jestem dla niego ta jedyna. I to się już może nigdy nie powtórzy w moim życiu. Bo to potem mija i ludzie się robią jacyś tacy zwyczajni. Ale na początku powinno być coś takiego. Że cię kocham i jesteś tą jedyną.

Zdusiła papierosa w popielniczce, ta Mariola.

I łzę wytarła szybko wierzchem dłoni.

Teściowa oniemiała na taką głupotę. Oczu nie masz, dziewczyno, nie widziałaś, mówić ci trzeba, bo sama nie wiesz? Chyba rozumu masz mało, chłopaka mi zmarnowałaś, wnuczkę zabrałaś, każdego słowa szkoda... – pomyślała. I dobrze, że nie powiedziała nic.

Nie do naprawienia.

On dalej siedzi w pustym domu, pali papierosy, ten Sebastian. Jakby miał wróbla w gardle. Jego pióra, dziób, pazury. Szamotanie.

Wszystko, co powiedzieć można – za mało. Usmażyć tego wróbla w smole, najlepiej. Tego nie było w szkolnych lekturach, tego nie było w filmach. Że za coś takiego jeszcze trzeba płacić. Żywe pieniądze, z takim trudem zdobyte, wyrwane.

Jak odejść?

Trzy dziewczyny opowiadają sobie swoje sprawy. Dziewczyny trochę w latach, ale przecież do rzeczy. O chłopakach. Chłopaki trochę w latach, ale od rzeczy. Irmina jest młodsza.

– W jaki sposób zdarzyło się wam rozstać z facetem? –

pyta Irmina starsze koleżanki i dotyka bransoletki. Dostała ją od Magdy i teraz lubi nosić, bo jakoś jej lepiej.

Dziewczyny się rozsiadają, trochę już wypiły.

– Byli mężowie to najgorszy gatunek – mówi pierwsza. – Nie znika taki z życia. Mimo lat, rozwodu zostaje ta plama, nie do wywabienia. I się człowiek głupio czuje, że on źle wygląda, ten brzuch, ten styl, a raczej brak stylu. To powinno być przecież kompletnie obojętne – a nie jest. Odzywa się taki po latach, pyta w słuchawce:

„Możesz ze mną porozmawiać?" – i od razu obrażony. W taki sposób? Mogę, ale nie bardzo bym chciała, powinnam odpowiedzieć, ale po co zadrażniać!

„Tak, dobrze". Spędziliśmy ze sobą lata, a teraz mam być ta najbardziej obca.

„Ty sobie nie radzisz, wiem!" – tak zagaja rozmowę. Oczywiście, że czuję się ugodzona. Po to powiedział. Dzwoni, bo powiedzieli mu, że straciłam pracę, że mam trudno, pod górkę. Dobroczyńca! Przejmuje się moimi kłopotami! Więc odpowiadam:

„Ależ radzę sobie". To on się obraża jeszcze bardziej, bo podejrzewa, że kłamię. Oczywiście, że prawdy mu nie mówię, ale on ma złą wolę. Nie można komuś pomóc, krzywdząc go jednocześnie. To jest nie do rozwiązania.

– No niech to! – wzdychają dziewczyny. – Przecież on ma układy i mógłby załatwić niejedno! Ma dojścia.

– Ale od niego nic nie chcę. Czasami myślę, że on ma do mnie pretensję, że nie zniknęłam. No cóż, jeszcze żyję. I to tutaj. Gdybym na nowojorskiej ulicy, w jakiejś Kalifornii czy co najmniej Londynie wysiadała z drogiego samochodu, mieszanka uczuć by była inna. Nienawiść pomieszana z szacunkiem. To mnie najbardziej boli. Sam zniknij! – powinnam mu powiedzieć.

Dziewczyny kiwają głowami.

– Tak, to jest rodzaj upiora – zgadzają się.

– A ja z byłym mężem mam absolutny spokój – odpowiada druga. – Nawet go lubię, bo mi go trochę szkoda. Ale bardziej tych dziewczyn, co się na niego łapią.

– A, bo tobie się lepiej trafiło – wzdychają dziewczyny, bo jej trochę zazdroszczą.

– Hm, nie tylko. Poza tym chyba coś wiem o sztuce porzucania. Najgorsze było rozstanie z facetem, który nie rozumiał, że to koniec. I wtedy nie da się z tego wyjść elegancko. Musisz znaleźć te zaplute drzwi na zapleczu, obok śmietnika, z napisem „Wyjście awaryjne". Nawet jak się zaczynało pięknie. Po czerwonym dywanie. Wychodzi się brudno, paskudnie. Jak on nie rozumie, że koniec, niestety trzeba zrobić jakieś straszne draństwo. Krzyczeć niesprawiedliwe rzeczy, najlepiej głośno, histerycznie. Jak w teatrze:

Nigdy mnie nie kochałeś!*

*nieprawda.

Nie mogę być z tobą, bo bez przerwy kłamiesz!*

*zaczął dopiero wtedy, gdy wszystko i tak się psuć zaczęło.

Nigdy ci nie wybaczę tego, co zrobiłeś!*

*wybaczę, albo gorzej, stanie mi się to całkiem obojętne.

Ale on nie rozumiał nawet tego. Uważał, że jestem od niego uzależniona. Kompletnie. A raczej od seksu z nim. A mnie już wtedy przeszło. Wymyśliłam całą litanię przekleństw, chociaż normalnie raczej nie przeklinam, wiecie przecież. I to było tak, uważajcie, możecie notować:

„Ty kurzy chuju, ty zajęczy pypciu! Glizdo smażona w cieście, młotku pneumatyczny. Szczurze kanałowy. Szkoda na ciebie moich słów, obleńcu!".

Można kontynuować dowolnie. No i jeszcze liczy się interpretacja. Z pasją ma być, na granicy krzyku!

Dziewczyny już leżą pod stołem ze śmiechu.

– To działa?

– I to jak! Natychmiastowo! Stosować bezpośrednio, ale także przez telefon. Ja wam mówię, trzeba się nauczyć na pamięć. To jest zaklęcie magiczne, które działa w dwie strony. Po pierwsze: na niego. Jak został zszargany, to mu wchodzi na honor. Robi się chłodny i wyniosły. Nagle – nieprzystępny. I o to właśnie chodziło, idioto! Po drugie: na ciebie. Patrzysz na niego i nagle widzisz, czego przez lata nie mogłaś dostrzec: przecież to pypeć! Obleniec złamany! Rzeczywiście. Oślizły, bezkształtny! Zaraza, podrzędnej klasy wirus. I oblazły szczurek.

Ja tak zrobiłam, podziałało. To daje taki efekt jak wyjście z trzaśnięciem drzwiami. Już nie ma powrotu.

Dziewczyny są wesołe, bo uzgodniły, co trzeba robić. Są sposoby! Tylko Irmina jest smutna, choć się bardzo śmiała.

Dziewczyny radzą:

– Zacznij go robić w konia. Im szybciej, tym lepiej. To ci da dystans.

– No, puść go raz w trąbę. Prędzej się wymiksujesz z tej historii. Albo idź do wróżki.

Irmina milczy. Gdzie ten koń! Gdzie ta trąba i mikser! Oj, dziewczyny! Wreszcie mówi:

– Chyba tego nie zrozumiecie. Ja to wszystko znam, te zaplute wyjścia. Ale on, ten najważniejszy... Ani on mnie nie chce opuścić, ani ja nie chcę naprawdę odejść, choć nie jesteśmy razem. To się już skończyło, a trwa dalej.

Dziewczyny kiwają głowami. Cóż, znamy! Może dojdziesz do tego stadium śmietników, obleńców, szczurów kanałowych i innych paskudnych zwierząt. Oraz trąb jerychońskich, mikserów kosmicznych. To jest bardzo niemiłe, ale nie najgorsze, bo pozwala jakoś rozwiązać sytuację.

Kiedy Irmina zaczyna o tym myśleć – płacze. Na razie jest najgorzej, bo go nie rzuciła. A potem może być tylko jeszcze gorzej, gdy to zrobi.

Na razie boli ją wszystko, na co patrzy. Wszystko z nim się kojarzy, jego przypomina.

A najbardziej – telefon.

Wyciąga go i pisze: „Przyjdziesz dziś?".

A potem co chwila sprawdza. Jest odpowiedź? Nie ma. Jest? Nie ma. Przed oczami błyszczący ekranik, z kolorową tapetą, która jej urąga. W pamięci zapisane jego zdjęcie.

W głowie – komunikat.

Zastąp egzaltację – jadowitą ironią.

„Dziś do mnie przyjść nie możesz? Ciekawe, że to samo będzie jutro".

Rozpacz się nie rozkrzewia. To tylko krótki spazm.

Oni

Tyle miała mu do powiedzenia, ale gdy się widzą – milknie i nie wie, od czego zacząć.

Patrzą na siebie zdziwieni: więc to ty? Naprawdę? To ciebie mi brakowało?

Potem stara się sprawdzić to namacalnie. Znajomy brzuch, to miejsce na ramieniu, gdzie dobrze pasuje jej głowa. To naprawdę ty? Wyniki są niepewne, choć obiecujące. Wsiadają więc na latawiec i lecą, lecą... Bardzo długo.

Ciekawe. Niezależnie od czasu i drogi, zawsze udaje im się wylądować w tym samym miejscu. I wtedy naprawdę ogarnia ich zdumienie. Ta dziewczyna, ten chłopak, który mnie zabrał tak daleko – to ty?

Irmina u wróżki

Co ją skłoniło, że poszła do tej kobiety? Wiadomo, kłopoty.

„Pani wejdzie, i siada. Tu, za stołem. To mój kot czarny, on nad wszystkim czuwa. Chociaż na magii się nie zna. Jest jeszcze młody i całkiem nieskomplikowany. Taki mi się trafił. Lubi zjeść, pobawić się i pospać. Z czasem może się nauczy. Polubił panią? Miło z jego strony.

No proszę. Taka piękna i u mnie? Co tu robisz? Dziewczyno! Coś się stało... Nie odpowiadaj, nic nie mów, ja powiem. Wszystko wyjdzie w kartach. Teraz przełóż lewą ręką.

Kobieto! Doceń wpływy planet i licz się z Księżycem. Nie możesz żyć dla innych. Najpierw myśl o sobie. Kto siebie nie uwzględnia w rachubach, nie zrobi nic w świecie. Nie pomagaj wszystkim, bo rozdasz się cała! Nie każde wezwanie jest warte, byś rzuciła wszystko i biegła jak do pożaru. I naucz się mówić «nie», a tym zbudujesz najwięcej. Nie widzę wokół ciebie pieniędzy, bogactwa. Ale bieda także cię nie czeka. Ach, rozumiem, niecierpliwisz się, nie z tym przyszłaś. Widzę! Tobie nie na tym zależy w życiu.

Poczekaj. Dojdziemy do tego, co cię trapi. Najpierw musimy zrobić porządek i powiedzieć inne rzeczy. Zapamiętaj! Decyzje podejmuj wtedy, gdy wieje zachodni wiatr. On nam sprzyja. Zaufaj swojej intuicji. Przecież ty wiesz wszystko!

Twoje życie będzie długie i pełne, to widać na dłoni. Chociaż niełatwe i będą momenty kryzysu. Nie widzę tutaj żadnych dzieci, niestety. Jak to: «nie niestety?». Przemyśl to jeszcze, to się może zmienić.

Widzę twój problem.Tobie teraz się wydaje, że zabrnęłaś w ślepy zaułek. Ale nie martw się, wyjdziesz z niego. Już wkrótce. A to kamień dla ciebie, święcony w siedmiu kościołach i na siedmiu mostach. Na moście są cztery żywioły jednocześnie. Tobie nie sprzyja powietrze, strzeż się. Niestety, nie wiem, co to znaczy. Czy masz nie latać samolotem, czy nie wieszać firanek. A może nie szukać zrozumienia u ludzi z powietrznych znaków. Noś ten kamień przy sobie, nie trzeba wiedzieć wszystkiego. W pewnym momencie poczujesz ostrzeżenie. Przyjdzie w odpowiedniej chwili. Weź je pod uwagę.

Nie sprzyja ci pewna kobieta, widzę w kartach. Ona jest blisko, ty jej ufasz, a ona działa przeciwko tobie. Kto to? Pomyśl! Wiedz, że nie żyje się łatwo z twoją urodą. Kobiety są zazdrosne, gdy widzą, jak błyszczysz. Ale nie wszystkie, niektóre są ci bardzo życzliwe i to doceń. Nam, kobietom, trudno jest czasem doceniać kobiety. One są zrozumiałe, zbyt podobne, rozdają się dookoła. Naucz się z tego czerpać, to ci da więcej, niż myślisz.

Nie niecierpliw się, jeszcze raz przełóż. O! I wyszło. Ten mężczyzna, który jest przy tobie, on ma dla ciebie otwarte serce. Popatrz, odkryte. Całe w czerwieni, tak wyszło. Ale jest uwikłany, cała sieć wokół niego, czarna. Ale zobacz, tu, karty na górze: to są jego intencje. Są czyste i jasne. On cię kocha. Chciałby od ciebie więcej, niż mu dałaś do tej pory. Nie musisz tego odrzucać, to się nie godzi. Zobacz, ile czerwieni.

Ach, ty się martwisz, bo to dla ciebie trudne?

Nie denerwuj się, poczekaj. Mogę cię pocieszyć, bo pewne rzeczy tu widzę. Za półtora roku spotkasz innego mężczyznę, który da ci miłość i spokój. Będziecie w wielkiej harmonii i zrobisz z tym, co uznasz najlepszego.

Niestety, nie mogę ci powiedzieć więcej, bo nie wiem. Ja na nic nie mam wpływu i nie chcę. Czarne obłoki zostaną w końcu rozproszone. Powinnaś rozkwitnąć, a masz w sobie jeszcze wiele możliwości. Niektóre już zmarnowałaś, ale są inne, jeszcze drzemią, nieodkryte. I wiem, że umiesz przebaczać.

Poproszę pieniądze. Za wróżbę trzeba zapłacić, bo inaczej na złe się obróci".

Irmina płaci i wychodzi zamyślona. Spodziewała się po tym czegoś więcej, niestety. Może ona coś wie, ta kobieta, a może nic nie wie i tylko tak opowiada. Sny, wróżby nie mówią nic ponad to, co w gruncie rzeczy sami dobrze wiemy.

Liczyła, że pomoże jej bardziej niż koleżanki. Że ona jej powie: zostaw go nareszcie! Że on jest przeciw niej, ma złe zamiary i jej szkodzi.

A tak! Wychodzi i myśli o jego otwartym sercu, o czerwieni.

Jego serce! Oczywiście, tak podejrzewała, może nawet wiedziała. Ale bardzo miło słyszeć. Wyobraziła sobie czerwień, pulsującą. Jak wtedy, kiedy ostatnio byli razem, po pewnej przerwie. I odnaleźli się całkowicie. Nic ich nie dzieliło. Jakby lecieli gdzieś wysoko.

Jadąc autobusem, wysyła do niego wiadomość:

„Tęsknię i czekam, w tym tygodniu mam wolny każdy wieczór. Całuję, Irmina".

Koszulka

Żywot koszulki trwa chwilę, tylko mgnienie oka. Koszulka jest nieznośna, koszulka rozdziela, zawsze jest zbyt gruba. Na nic figlarna koronka, nie zaszczycą jej wzrokiem.

Nie szkodzi sprany wzorek.

Koszulce nie dane jest więcej niż błysk, pół spojrzenia, westchnienie ulgi w momencie, gdy znika. Ląduje gdzieś za oparciem kanapy na podłodze, w kurzu. Szmatka, przeniknięta jej zapachem. Zmięta. I nikt już o niej nie pamięta.

Łatwo poszło z koszulką. Teraz powinien ją skłonić, by odrzuciła od siebie wszystkie sprawy dnia. One trzymają się jej silniej niż ten łaszek.

Wyrzuca za siebie wszystkie słowa, które padły.

I myśli wyrzuć! Wszystkie, które nie o mnie.

Muzykę wyrzuć. Ogłuchnijmy na wszystko, co nie jest pulsowaniem naszej krwi. Słyszanej nie uchem, lecz rytmem pulsu.

Na koniec musisz wyrzucić widok tego pokoju. Lampę, dywan i nawet kanapę, na której leżymy. Nawet koc, który nas dotyka. Tylko mój dotyk istnieje.

I kiedy to wszystko jest już za nami, kiedy nie istnieje nic, możemy powoli zacząć się otwierać. Na ciepło. Twoje ciepło, wspólne, nasze.

Na pęd.

Na wirowanie.

Cały świat jest kulisty i kręci się w kółko.

Gdybyśmy mogli się na chwilę zatrzymać. Znaleźliby-
śmy się w miejscu wyjętym z czasu i przestrzeni.

Ale nie możemy. Nie mogę ci nawet tego powiedzieć.
Nie ma już słów. Wyrzucone.

Nie wyrwę cię z pędu.

A potem następuje wspaniały upadek, który nie boli.
Leżymy w gruzach, wśród sylab i splątanych linii.

Teraz możemy na nowo przywracać miejsca rzeczom.

Koszulkę podnosząc na końcu. Trafia do brudnej bie-
lizny. Trup koszulki. Tylko chwilę żyła, gdy jak sztandar
rozpostarła się w krótkim locie za łóżko.

Nie całe życie byli ze sobą

Nie całe życie byli ze sobą, ale większą jego część. On
pamiętał ją jako młodą dziewczynę z kruczym warkoczem,
ona wtedy nie zwróciła na niego uwagi. Ach, bo była taka
zajęta. Praca, zwierzęta, rodzice, wyjazdy. I pierwsze małżeństwo. Krótko trwało, wcześnie zginął.

Gdy się spotkali powtórnie, nie miała już warkocza,
była nieco zażywna, ale wesoła. Lubiła śpiewać. On – ko-
styczny, nieufny, milczący. Tylko dla niej – coś specjalnego
w oczach. Nie uśmiech, ale skupiona uwaga. Mieli dwóch
synów. Jeden podobny do matki, drugi do ojca. Ale cha-
raktery – przeciwne. Obydwaj wyjechali dość szybko za
granicę.

Zrobiło się w mieszkaniu trochę smutno. Pomyśleli, że

na starość osiądą w małym domku, gdzieś na wsi, koniecznie nad rzeką. Będą mieli psa, kota, może nawet kury. Kupili działkę, ale było za daleko jeździć.

Ona zaczęła chorować. Z początku nie było wiadomo, ale potem już wiadomo, że poważnie. Trochę pomagała pani Maria, sąsiadka z drugiej klatki, bardzo się lubiły. Dużo rozmawiały, i nawet wtedy – właściwie dość wesoło. Chociaż raczej jasne, że kierunek w jedną stronę. Szpital. Pani Maria nosiła jej codziennie do szpitala lekki rosół albo jarzynową. Pewnego dnia, chwaląc zupę, zapytała jeszcze: „Ale zajmie się pani moim mężem, pani Mario, moja złota? On sobie nie poradzi, mój Miecio, tak się boję...". A pani Maria, nie chcąc, by to zabrzmiało jak ostatnia wola chorej, trochę skinęła głową, trochę pomilczała i zaczęła mówić o czym innym. „Ach, jakie nieporządki zrobili z tymi autobusami, pozmieniali trasy...". Niech ma jeszcze nadzieję, biedna, pomyślała pani Maria. A jeśli jej nie ma, niech myśli przynajmniej, że ja jej nie straciłam i nie widzę, co się dzieje.

Następnego dnia już było dużo gorzej, nieprzytomna, silniejsze leki. A potem to już synowie przyjechali z rodzinami. Na pogrzeb. Pani Maria bardzo pomagała.

Mówiła do niego dużo, myślała, że potrzebuje.

– To straszne, śmierć w szpitalu, panie Mieczysławie. Gdyby to było w moich stronach, sprowadzilibyśmy ciało. Mycie, ubieranie, modlitwy. Schodzą się kobiety, zawodzą – śpiewają. I jest lepiej. Bo obok zwyczajne życie, które ma swoje prawa. Bo przecież gotuje się obiad, trzeba zaprosić gości po pogrzebie. Stypa. Ludzie powspominają, a potem zaczynają rozmawiać już normalnie.

Do takich spraw lepsze są kobiety niż mężczyźni. Zakupy, smażenie kotletów, takie rzeczy. Mocniej stoją na ziemi. I pomyślała jeszcze: gdyby on odszedł pierwszy, byłoby jakoś normalniej.

On – cały czas milczący i nie widać po nim było żadnych przeżyć. Tylko garnitur włożył uroczysty. Trochę za duży, bo jeszcze schudł podczas jej choroby. Wiadomo, taki mężczyzna. Odludek, zamknięty. Ale widać, że się przejmuje. Słuchał, i wydawało jej się, że potakuje.

Ale potem zwyczajne życie nie chciało się ułożyć. Pani Maria przychodziła, naprawdę chciała pomagać. On witał ją wyraźną niechęcią, milczeniem. Do niego można było mówić jak do białej, betonowej ściany.

– Teraz, po śmierci pani... – powiedziała pewnego razu i chciała mu tłumaczyć, że powinien załatwić sprawy urzędowe. Sama przez to przeszła, więc mogłaby doradzić, jak zacząć sprawę spadkową.

– Ona żyje! – przerwał jej po pierwszych słowach i spojrzał z nienawiścią.

– Jak to żyje? Przecież pogrzeb był, a przedtem pożegnaliście się w szpitalu.

– Żyje, widziałem ją wczoraj. Wróci. Wyjechała do Niemiec.

Pani Maria nie może. Pani Maria przeprasza. Samą siebie, bo nie jego, z nim przecież trudno poważnie. Była jeszcze kilka razy, przyniosła zupę, kapuśniak. Nawet nie zjadł, choć pani Maria gotuje smacznie i zawsze lubił. Tylko pierogi zniknęły, co zostawiła w lodówce. Chciała zabrać słoik po zupie, huknął na nią, przestraszyła się, że zabije, uciekła. Taka w nim zajadłość! Rozmawiała o tym ze swoją siostrą. Niezbyt były blisko, całe życie skłócone, ale kogoś trzeba mieć, skoro tamta, ta cudowna osoba, nie żyje. Poza tym jest zobowiązanie. To ona ją prosiła, żeby się nim zająć, i właściwie obiecała.

– No i co będziesz chodzić, jak on nawet nie widzi, co dla niego robisz.

– Boję się. Po prostu się boję takiego człowieka. Ci ludzie w bloku dookoła nie wiedzą chyba, kogo mają przy sobie za sąsiada.

– Ty się starasz, pierogi przynosisz, a on nawet nie umie być z tobą grzeczny.

– Najgorsze to zaprzeczanie śmierci. Ja nie mogę. Ona była taka dobra. Ale w nim – jakiś demon. Jaka straszna złość! I Boga nie szanuje, skoro tak mówi.

– Kobiety powinny żyć dłużej, to słusznie, że tak jest zrobione.

– Co jest zrobione?

– No, życie. Niedobrze się dzieje, jak mężczyzna zostaje sam. Kobieta prędzej.

Pani Maria nie poszła więcej. Zostawiła mu wcześniej na wierzchu karteczkę ze swoim telefonem. Mieczysław nie dzwonił. Pani Maria myślała, że jeszcze zajdzie, ale ma już swoje lata, nie wiadomo, ile pożyje. Zasłużyła na trochę spokoju. Bardzo ją to gryzie. Jak on mógł coś takiego powiedzieć? Nie mówi się takich rzeczy, nigdy. Nie zaprzecza się śmierci.

Po miesiącu usiłowała się dowiedzieć. Drzwi stale zamknięte, jakby nikogo nie było. Sąsiedzi nic nie wiedzą i nic nie widzieli. To młodzi ludzie, żyją swoimi sprawami, zabiegani. Milczy telefon. Może synowie do Niemiec go zabrali?

Kilka już lat minęło, pani Maria nie może zapomnieć. Już nawet się przyznała przed sobą, że pomyślała przed jej śmiercią: a może wyjdzie za niego? Przecież to by było dobre, bo tak się z jego żoną lubiły.

Naprawdę o nic nie chodziło, żadne głupstwa, nie

w tym wieku, z Mieczysławem, nie o to. Tylko żeby jak ona gotuje zupę, ktoś jej powiedział: „Nie zrób dzisiaj za kwaśnej, bo nie lubię. Wolę pomidorową z ryżem niż z kluskami. A może by dzisiaj pierogi?". I kiedy wraca z zakupów, żeby ktoś zapytał: „A bułki nie mieli? Takiej miękkiej, bo wiesz, co u mnie z zębami". Przecieżby poszła po tę bułkę, niejedną, i to z miłą chęcią. Co ma właściwie robić? Oglądać seriale? Dla jednej osoby, dla siebie, nawet gotować nie warto.

Jak mogła nie zauważyć, że on jest nie do życia? Co za nonsens! Została ukarana. Chociaż to była myśl jedynie. Nie powiedziała przecież tego. Można jednak grzeszyć myślą.

Ale chyba to zbyt okrutne, taka kara. Należy się jej jakieś wyjaśnienie. Jak to? Wszystko ma swój koniec, a ta historia – nie ma. To wbrew porządkowi świata. Może umarł? Ludzie przecież nie żyją wiecznie; o to zresztą poszło.

Nie wiadomo. Taka właściwość miejskiego życia, ludzie giną w tłumie, zostajemy z początkiem, środkiem, końcem opowieści i nie ma jak odnaleźć innych części tej samej układanki. Na sens, na logikę, coś zawsze się dzieje. Jakiś koniec jest. Zawsze.

To niemożliwe, żeby... A jeśli? W sąsiedniej klatce on prowadzi jakieś inne życie, w innych przestrzeniach. Kocha umarłą, która dla niego żyje. Nie jada już kapuśniaku. Nigdy.

SMS

„Śniłaś mi się. Spotkaliśmy się w metrze, w jakimś wielkim mieście, chyba NY. W korytarzu pełnym spieszących się ludzi, głaskałaś mnie po głowie i mówiłaś, że jestem jeszcze ładny. A wiem, że jestem hrabiną-ruiną, coraz bardziej".

To Misio. No proszę. Śnię się. Nigdy nie byłam w NY. I nigdy go nie będę głaskać po główce, wykluczone. Skąd hrabina-ruina? Rozumiem, oczywiście, jest bardzo autoironiczny. Kiedyś rozmawialiśmy. Powiedziałam, że o kobiecie, która kiedyś była piękna, po francusku można powiedzieć: *Elle a de beaux restes*. Śmiał się z tego. A ja byłam lekko urażona: jak to? On zrozumiał: resztki. Ja – że piękne. Dla mnie to ładnie powiedziane, z szacunkiem. Bardzo trafne. Próbowaliśmy to przetłumaczyć, ale nie wychodził żaden chwytliwy idiom. Ona ma piękne resztki? Bez sensu! Wreszcie przyszedł nam do głowy pomysł: hrabina-ruina. Zupełnie nie to samo. Brak szacunku. Chociaż całkiem zgrabne.

Ale rozumiem jeszcze jedno. Że w jego sennym życiu istnieje jakaś kobieca postać. Kiedyś była Joanną, teraz bywa mną. Jest też jego drugim ja, tym dziwnym. Daje mu to, czego zwykle brak w jego relacjach z mężczyznami. Całkowitą akceptację. Łagodność. I więcej nic nie chce. Misio ma bogate życie, ale cierpi na brak łagodności.

– Bo ci mężczyźni, to wiesz...

– Wiem, mniej więcej.

Zgadzamy się. Generalnie, są z nimi kłopoty.

– Są historie i historyjki – mówi Misio. – Oraz histo-ryje. Właśnie trafiła mi się taka z ryjem, niedawno. W klubie. Myślałem, że odpocznę, żadnego zajmowania się życiem

62

duchowym i tym podobnych ciężkich problemów. Czyste ciało. Fryzjer. Młody. Damski, wysokiej klasy. I mówi: A, przyjdź do mnie do zakładu, jak będę zamykał. Przychodzę, pięknie, wszędzie lustra, a on patrzy na swoje odbicia i tak tylko pokrzykuje na kobiety. W lewo – prawo, nachylić, jeszcze, źle, nie tak, za bardzo, za mało. Ale zaraz koniec pracy i mówi: idziemy do mnie, niedaleko. Wchodzę, a u niego czerwone kanapy. A podłogi – czarne. To mówię: *Czerwone i czarne*. A on: co? Co właściwie masz na myśli? Bo mi mieszkanie projektował designer. Ja z tym nie mam nic wspólnego – mówi. – Nie mam czasu. Płacę – wymagam. Herbaty? No to herbaty. Oczywiście czerwono-czarna porcelana. Ale nie zrobił. Chciałem go pogładzić, przytulić, a on odskoczył: Co? Głaskanie? To u mnie kosztuje tysiąc dolarów! Rozbieraj się! Chcę tylko sprawdzić, jak będziesz jęczał! To będzie darmo. Jakbym nie był ciekaw, to bym cię tu nie zaprosił, tak po prostu. I wyciąga coś takiego, ni to smycz... No to ja mówię: Co? Ty się chyba mylisz. Poza tym jest późno. Muszę wyprowadzić psa, bo się zesika. Psa? Rasowy? Jak się nazywa? Hektor. Jak? Hektar? Pies, nawet wymyślony, najlepszym przyjacielem człowieka. Jak się okazuje. Do niektórych trafia się przez smycz, ale ja nie mam ochoty. Wyszedłem. Żadnego jęczenia nie będzie.

– No cóż, z tymi mężczyznami jest ciężko!

– Oj, ciężko!

Ale w jego życiu liczy się teraz tylko jeden.

Ten, którego nie ma. Wszystkie inne historie mają tylko smak i kolor, ale żadnego znaczenia.

Ewa

Jest kobietą w pewnym wieku.
Znaczy: w wieku niepewnym.
I kiedy przegląda się w lustrze, myśli:
Eros? Czy Tanatos?
Jak mi z nimi będzie?
Który mnie uwiedzie?
Czy w pewnym momencie miną się w drzwiach,
grzecznie ustępując sobie miejsca?
To by było zbyt proste.
Domyśla się obu.
Domyśla się napięcia.
I ironicznie przymyka oboje oczu. Lewe mocniej.
Teraz jest dobry czas.
Wysmyknie się im obu.
Na wolność.
Ale to nie takie proste.

Ewa do poduszki

W odpowiedzi na jej proste i szczere wyznanie: kocham i tęsknię, powiedział jej sucho: moja miłość wyraża
się w innym języku. Potem była cała tyrada, a na koniec,
że słowo „kocham" uważa za poważne nadużycie, bo to
banał. To jest po prostu wytrych, czysty schemat, moneta,
którą się płaci za wzajemność. A ich przecież łączy coś
istotniejszego niż taka wymiana. Są małżeństwem.

Najpierw poczuła się dotknięta i urażona. Zastanawiała się, co zrobić. Potem zrozumiała: dla niego to wyraża

się w języku ciała. Więc kiedy są razem, tłumaczy sobie to, co mówi do niej jego ciało, na normalne zdania. I jest zawstydzona. Jaki nieporadny jest język! Jego ciało śpiewa. To jakiś hymn niebywały, o wielu strofach, porażająco poważny.

Najpierw była skromna inwokacja. Do jej ust. Potem piersi. A teraz kolejne wersety o powtarzalnym rytmie zaczęły opiewać jej tyłek. O, zgrabny tyłku!... To lepsze niż wiersz łaciński, opada i się wznosi bez najmniejszej pomyłki. To lepsze niż chorał gregoriański, wzniosłe i mocne. Gubi się biedny język w tej niebywałej masie inkantacji, strukturze powtórzeń i apeli. Ona rozumie te zdania, ale powtórzyć nie potrafi, a przede wszystkim by się wstydziła. Zawiły poemat jest przy tym całkiem oczywisty. Pomiędzy głoski trzeba by jeszcze wstawić jakieś huragany.

– O! Tyłku najwspanialszy po horyzont!

Dosyć tego, nie mogła słuchać, a tyłek też nie przywykł do tak jednoznacznych wyznań. Ledwie się godzi, by go zauważać.

Trudno, trzeba pozostać na pewnym poziomie nieporozumień.

Od tej pory ona tylko do poduszki szepce: Kocham! Tak, żeby jej nie usłyszał.

Pewnego dnia ona, gdy już poznała ten język, postanawia przeczytać, co napisane jest na jego skórze w miejscu najbardziej bezbronnym, na podbrzuszu.

Tam przecież powinno być jej imię! I jestem twój, moja najmilsza. Nigdy cię nie zapomnę, będę cię zawsze uwielbiał i pragnął.

Tak mocno, tak długo są ze sobą, że to się powinno wpisać.

Ale tam było co innego.

Tam (krzywo) napisane było: Jestem samolubne zwierzę. I jeszcze: Kobiety. W liczbie mnogiej.

Trochę niżej słowo: Sam. Ale niezbyt czytelne, wyglądało na trochę starte. Może to ona, dotykając ręką.

Obok było na skos: Boję się umrzeć.

Teraz ona siedzi koło niego, w łóżku. On głaszcze jej plecy, a ona odwraca twarz do ściany. Gryzie się w palec. Czego się właściwie spodziewała? Że tam będzie jej imię?

A ona co ma napisane? To samo. Do tego służy małżeństwo, żeby ujarzmiać zwierzęta.

Samolot

Mężczyzna, który śpi obok i chrapie, to dziwne zjawisko. Trzeba zachować absolutny spokój. Najlepiej pomyśleć o tym, jak bardzo przypomina lecący samolot. Umościć się w jego wnętrzu. Nogi – w ogonie, głowa – steruje podróżą. Lecimy nad Azją. Długa przestrzeń Syberii pozwala wyprostować się swobodnie i rozciągnąć całe ciało. Niepotrzebny strach przed Uralem. Czy on nie będzie jak żyletka? Nie! Mijany z wysoka nie drapie, nie kaleczy. Dalej zaczyna się Europa. Rodzinna. We śnie jest łagodna jak dziecko, które bawi się w ogrodzie. Tylko nad Hiszpanią – czerwony piasek znad Afryki. Lewa ręka gładzi Brytanię po przykryciu z wełnistych obłoków. Są takie miłe w dotyku. Reagują deszczem, który ożywia zieleń. Potem głowa pełna wrażeń przesuwa się nad Atlantyk. Trochę jest jednostajnie, ale na środku wpada w nieprzyjemne turbulencje. Przychodzi taki moment, że silniki zaczynają szwankować. Wyraźnie wypadają z rytmu. „Kochanie, wytrzymaj jeszcze, nie chcę się utopić!" – przesuwa się po jej głowie. Rytm powraca.

Kiedy wreszcie jej zmęczona świadomość dociera do brzegów Ameryki, może sobie zawinąć oczy w chusty z obu kontynentów. Prawe w Południową. Lewe w Północną.

Wtedy – pod powiekami białe płatki. Cóż to jest? Róże? Może wiśnie. Japonia? Chyba to puch. Więc śnieg? Antarktyda? Czas nie biegnie, jak to się mówi. On położył się i leży. To tylko przestrzeń się przesuwa. A ten śnieg? Nie, to wata. Chyba po prostu kołdra. I kilka myśli, które pojawiają się jak czarne ptaki. Jak zapobiec globalnemu ociepleniu klimatu? Jak walczyć z groźbą terroru? Co zrobić, by rządy działały w interesie obywateli, nie przeciw? Ewa wie, że trzeba coś zrobić. Koniecznie. Czuje się jednak słaba, bo jest niewyspana i ma z tego powodu wyrzuty sumienia.

To one ją wreszcie budzą. Jest oszołomiona. Ale sen się nie kończy. Rozwija się w tle dnia, zatajając szczegóły. Czeka spokojnie do następnej nocy. Podróż trwa.

Ten drugi

Ten drugi wyłania się niespodziewanie spośród życiowych okoliczności. Jakby wyszedł z gęstych krzaków, które go zakrywały. Ewa musiała go przecież kiedyś spotkać, tylko się nie dostrzegali. Odrobina noszalancji zawsze lepsza niż elegancja serio. Taki styl. Niezły, ale to przecież nie powód. Szeroki gest, dobry samochód. Ale ona też niezłym jeździ i szybko. Król Życia, wieczny podróżnik. Ciekawie opowiada, zwiedził kilka kontynentów. A Ewa była tam tylko we śnie.

Całkowity życiowy bezsens tej historii właściwie nadaje jej czystość. Nigdy nie zamieszkają ze sobą, to pewne. Nie porzuci dla niego swojego mężczyzny, bo go kocha od dawna i jest im dobrze. Czasem gorzej. Ale to nie ma nic do rzeczy, że nie zawsze. Niczego nie oczekuje.

Poza jednym. Że uda jej się wybrnąć z tego uzależnienia. Opętania. Oczarowania. Napięcie między nimi przekroczyło punkt krytyczny. Dalej znajduje się tylko strefa konieczności. Jest jeden środek: uwolnić się za pomocą średniego seksu. Inaczej nie może być, tylko całkiem przeciętnie. Zna siebie. Nic innego nie jest możliwe. No więc niechby było nawet całkiem kiepsko, tym szybciej przejdzie.

To jest po prostu jedna z takich historii, które krążą po świecie. Całkowicie bez sensu. Bańka mydlana. Ewa jest na siebie zła.

Turbo-Ewa

To ja jestem wredna, bo kochałam zbyt łagodnie, by przy tym całkowicie spłonąć.

Ocalałam, więc kocham znowu. Obu.

I nie chcę roztrwonić żadnej z dawnych i nowych miłości.

To ja. Kłamię, bo pokochałam za bardzo. Za trwale. Ale... Nie zatrzasnęłam drzwi.

To ja. Biorę na siebie wszystkie grzechy miłości wielorakiej.

Kobieta ma kilka żyć, jak Lara Croft, bohaterka gry komputerowej. Moich kilka życiorysów rozwija się równolegle.

Oto ten najnowszy projekt pod tytułem „Miłość niemożliwa". Do starego świntucha, który jest zużyty. Trudno.

Wyprawa w nieznane. Podejmuję ją i patrzę, jak się rozrasta płomień. Niemożliwa, owszem, ale całkiem realna. Niedługo zajmie wszystkie moje myśli.

To nic. Wtedy dobuduję sobie sztuczną inteligencję. Zaczęłam pracę nad nią, efekty są obiecujące.

Starsza miłość – żyje. Wydawało się, że – dość blada. Nagle doznała przyspieszenia. Niedługo osiągnie ostateczną intensywność. Wtedy zacznę płonąć.

Więc włączę tryb: turbo.

Pozostanie mi inteligencja katastrofy. Ostatecznej.

Oni

Imponujący mężczyzna bez ubrania robi się trochę mniejszy. Ma brzydką szramę na brzuchu i widać, że czas go nadgryzł. Kobieta, która budzi podziw i jeździ szybkim samochodem, robi się zwyczajna. Bez makijażu niewątpliwie trochę bledsza. Musiała zniknąć na chwilę w łazience, żeby pozbyć się szminki i czegoś lepkiego na rzęsach. Gdzieś leży jej torebka, buty na obcasach, rajstopy w modny wzorek. Koronkowy stanik już nie modeluje piersi, które się wylały i są białe. Już nieważne, jak się spotkali, że rozmawiali ze sobą, przerzucając się błyskotliwymi powiedzonkami. To zniknęło. Niestety, już nie są dowcipni. Właściwie – dość nudni.

Zostało trochę wstydu, bo to pierwszy raz. I najpewniej jedyny. Podróżnik wyjeżdza wkrótce, to właściwie pożegnanie.

Trzeba się przytulić, szybko, nim nastąpi katastrofa! Nie patrzeć! I już nie wiadomo, kim są ani czy są piękni, czy brzydcy. Nie ma komu imponować, nie ma kogo zadziwiać. Forma znika, zostaje bliskość. Wymieszana. Za mały dystans, by wygląd ocalał. Rozebrani z wyglądu pływają po sentymentalnym jeziorze osobliwości.

– Oddaję się tobie cały – mówi jego ciało w ciszy. Dobitnie.

– Jestem ci posłuszna i chcę odgadnąć pragnienia – mówią jej oddechy.

Niewielkie gesty. Bo cóż robić? Kto ma prowadzić? Właśnie wypłynęła bezbronność i bezradność. I niewypowiedziane pragnienia mają większą wartość niż najcichsze szepty. Trzeba je odnaleźć.

Czego pragniesz? Ciebie. Symetrycznie. Bezbrzeżnie. Chcę właśnie tej chwili. Najbliższej bliskości. Imię wyszeptane w poduszkę. To rozstrzyga i wiąże. Bo nie zapomniał: Ewa. Ładnie z jego strony.

I co z tym zrobić dalej? Z taką falą łagodności? Nie zatrzymywać się, płynąć. Tylko wszystkie myśli zostały zalane. Przez czułość i łagodność. Pragnienia? Jakie? Coś może być jeszcze? Coś więcej? No tak, trochę ironii. I świadomość, że to przeminie szybko.

Ona zamyka oczy. Zdobywa się na jeden drobny gest. Głaszcze jego brzuch. To jest nieśmiałe a mocne. Wreszcie on wybiera któryś z banalnych scenariuszy. Całe szczęście, bo ile można. Coś musi się dziać, coś trzeba zrobić. Tak, chciałby, żeby ona łkała z rozkoszy. Ale ona już odpłynęła i to niemożliwe. Trudno, nie tym razem. Nieważne, że pewnie już nigdy.

Nie trzeba nic mówić. Uczucia są czytelne i przepływają swobodnie.

To, co się dzieje, tak właściwie nie ma znaczenia. Nic się nie dzieje. To jest przerwa w życiu. Piękna.

Tyle bezradności.

Żeby uprawiać dobry seks, trzeba by się jej pozbyć. Ale to nie jest konieczne.

A jednak Ewa jest przerażona tym, co się właśnie stało.

Kobiety inteligentne uczą się chamstwa, ułatwiającego życie. Kobiety prymitywne po prostu uważają, że są przebojowe. Ewa uważa się za tę pierwszą. Faceci udają płaskich bydlaków. Niestety, wielu z nich nimi jest.

Im się przydarzyło coś nieziemsko łagodnego.

Tego nie przewidziała.

Rodzice Ewy

– Moja matka i ojciec zmarli w jednym roku – mówi Ewa. – Mama z powodu błędnej diagnozy, po prostu. Pewnie mogli ją uratować, ale pierwszy lekarz stwierdził, że to tylko zwykłe zaziębienie. A po kilku dniach – z tym zawałem – było już za późno. A z ojcem to zupełnie inna historia... Nie wiecie? Nie opowiadali w rodzinie?

– Nic nie wiemy!

– A, bo nikt nie wiedział... On miał podwójne życie. Naprawdę! W domu było tak: on artysta, więc musi do pracowni, malować. Mieszkanie było bardzo małe, ciasne. Czasem nocował u nas, czasem nie, ale wszystkie święta z nami. A my często jeździłyśmy do moich ciotek, do całej rodziny. On tam nie bywał, nawet do domu nie miał wstępu. A wszystkie moje ciotki strasznie na niego wyrzekały. Łobuz, niepoważny, zmarnował życie twojej matce. Myślałam od dzieciństwa, że chodziło o pieniądze. Że zarabiał mało. Mama też mało, ale ona nas utrzymywała. Pewnie rzeczywiście trochę się zmarnowała, ale nie całkiem przez niego. Przed wojną rok matematyki na Uniwersytecie Warszawskim, a potem konspiracja, powstanie. W powstaniu straciła kogoś, miała wyjść za niego; potem wieźli ją do obozu, wuj ją w ostatniej chwili wykupił. To wiecie! Po wojnie bała się aresztowania, jeszcze bardzo długo się ukrywała i musiała leczyć gruźlicę. Więc pracowała potem jako zwykła urzędniczka.

Mojego ojca poznała w sanatorium w Zakopanem. On ją malował, była bardzo piękna. A potem urodziłam się ja... Oj, nie lubiły mego ojca ciotki, siostry matki, nie lubiły! Ale dla mnie był dobry, zwłaszcza gdy już byłam większa. Szkoła dała mi tak mało! A on mi pokazywał wiele rzeczy, uczył, zabierał na wystawy, wernisaże. Poznałam trochę jego środowisko, artystów. To mi się przydało bardziej niż szkoła. I jeszcze to, czego nauczyły mnie ciotki.

A potem moje pierwsze małżeństwo, i drugie. Gdy się wyprowadziłam na Wybrzeże, matka spędzała u nas wiele czasu, pomagała. Ale i on też przyjeżdżał. Posiedział kilka dni, nawet zajmował się dziećmi. Mnie nigdy nie czytał, a wnukom – bajeczki, wierszyki. Chętnie, z własnej woli. No i jadł, bo on był zawsze strasznie chudy. Ale wtedy się okazało, że mam w tym samym mieście starszą przyrodnią siostrę, o której nic nie wiedziałam. Bo on był przedtem żonaty i miał córkę z pierwszą żoną.

I tak to trwało. Pewnego dnia, na początku zimy, telefon. Zakopane, szpital. Czy pani?... Tak, to ja, nie mam pojęcia, jak mnie odnaleźli, ale wszystko się zgadza i przecież musi być coś ważnego.

– Pani ojciec jest w ciężkim stanie, na oddziale, niech pani przyjeżdża, nieprzytomny.

– Jakie są rokowania?

– Rokowania? W tym wieku? Złe.

A ja akurat miałam nogę w gipsie. I to nie jest tak łatwo, przez całą Polskę... Mój mąż pojechał. I tak wchodzi do tego szpitala, dopytuje się, co się stało tak nagle. Ojciec – rzeczywiście nieprzytomny. Kompletnie, leży pod urządzeniami. Twarz zmieniona, sina. Co się stało? A oni się śmieją: „Panie, za dużo wrażeń w tym wieku! Seks mu zaszkodził. I zmiana klimatu". Jak to było? No, tego owego, nikt nic nie wie na pewno. Ledwie przyjechał, z jakąś kobietą, zajęli pokój w pensjonacie. Tyle wiadomo, że kobieta wezwała pogotowie i uciekła. Jaka kobieta? Kto to? Drzwi zostawiła otwarte i jak przyjechali, już jej nie było.

Poszedł do pensjonatu, też nikt nic nie wie. „Panie, gdybym ja chciała tak wszystko wiedzieć dokładnie, kto z kim, już bym nie mogła prowadzić tego interesu. Przyjechali we dwoje, ona nagle wyszła z walizką, potem pogotowie... Zabrali i tyle". „Jaka była? Młoda, stara?". „Nietutejsza. Reszty nie pamiętam".

No trudno, były inne sprawy. Jaka diagnoza? Leczenie jak będzie przebiegało? Na co można liczyć? Mała szansa, żeby odzyskał przytomność, ale nie można tego wykluczyć. Diagnoza nie jest jednoznaczna, ale niedobra. Ile to może trwać? Ba! Nawet latami! No i ta odległość! Załatwiliśmy szpital u nas, załatwiliśmy transport lotniczy, helikopterem sanitarnym. W tym helikopterze...

Tak, już go nie dowieźli żywego. Nawet trudno było wymyślić, co wpisać w rubryce: miejsce zgonu. W powietrzu? Nigdzie.

A matka wtedy była u nas. I jakiś czas wcześniej trafiła się okazja, żeby kupić czarny garnitur, z angielskiej wełny, bardzo elegancki, nieużywany prawie. Ja myślałam: po co? Kto to będzie nosił! Na mojego męża za mały. A matka się uparła: świetna jakość, kupić! Zawsze była trochę despotyczna, wydawała rozkazy, więc nie pytałam po co. Ona chyba coś przeczuła. No i był jak znalazł, na niego. On nigdy nie miał żadnych porządnych rzeczy, całe życie – artysta, który nie zrobił kariery, w dziurawych butach. To miał raz porządny garnitur, po śmierci. Zawiadomiłam jego znajomych, ale nikt nie przyjechał. Za daleko. I wszyscy już dość starzy. A matka popłakała, powspominała trochę. Nic jej nie mówiliśmy o tamtej sprawie, jak to się stało. Była moja przyrodnia siostra, wtedy ją poznałam, bardzo nerwowa osoba. I ja – z gipsem.

Kupiliśmy miejsce na cmentarzu. A mama już wtedy: przyda się, będzie i dla mnie. Już coś czuła. Wybrała miejsce, suche, osłonięte od wiatru.

Dopiero potem, już po śmierci mamy, pojechałam się spotkać z jego przyjaciółmi. Już mogłam, bo gips zdjęty i po rehabilitacji. I tak się rozpytuję, delikatnie, kto co wie, co za historia, ta kobieta. Wiedzieli. Trochę się krępowali, czy opowiadać, czy nie. Ale jeden coś powiedział, drugi i to się zaczęło jakoś składać. Byłam gotowa nawet z nią się spotkać. I jeden mi powiedział: „Nie kontaktuj się z nią, nie rób tego. Sobie i jej. Ona jest strzępem człowieka. Od tego czasu". I trochę puścił parę. Też artystka. Malarka? Nie, śpiewaczka w operze. Kiedyś dawano jej solowe partie. Ale większych sukcesów nie miała. Jakaś świeża znajomość? Późny romans? Nie, skądże! Oni byli z sobą nieoficjalnie, ale to wszystko trwało... Ile? Zaczęliśmy liczyć... Wyszło... lat czterdzieści. Czterdzieści? Ileż małżeństw tyle nie wytrzymuje! I zaraz! Skoro ja mam prawie pięćdziesiąt... Więc niemal całe moje życie? Jej życie? Więc to tak wyglądało? Te wszystkie święta razem, mój ojciec przynosi choinkę, a potem szybko wyjeżdżamy, tylko we dwie z matką do jej rodziny. Te wyrzekania moich ciotek: On tu nie ma wstępu! Pamiętam, że matka tłumaczyła łagodnie: „On jest artystą, dajcie mu spokój, ja go rozumiem, nie jest taki zły!". I ta ich wzajemna grzeczność, wobec siebie, w domu, zawsze. Ona jakby przy nim miękła. „Zjadłbyś jeszcze kotleta, Czesławie?". „Ależ nie, dziękuję, bardzo smaczne. Nie teraz, muszę iść do pracowni". „Może zabierzesz z sobą? Będziesz miał na potem". „A, skoro jesteś tak dobra, to chętnie". Pakowała mu. Może nawet dawała dwa – nie wiem. Żadnych awantur, niczego takiego nie pamiętam.

Była bardziej skomplikowaną osobą, niż mi się zdawało. I naprawdę szanowała w nim artystę.

Rok potem, zimą – jakaś kobieta przy naszej furtce. Dzwoni. Nieznajoma. Starsza. Bardzo chuda. Pyta o mnie. Nigdy jej przecież nie widziałam, ale jakoś od razu domyśliłam się, kto to. Weszłyśmy do domu, podaję herbatę. A jej się ręce trzęsą. Pić nie może. Mówic nie może. Cała w proszku! Trochę się jakoś pozbierała. I jako tako posklejana mówi:

– Ewa? Ja do pani przyjechałam z bardzo ważną sprawą.

– Proszę. Jaką?

– Mam pewność, że on nie umarł. Pani ojciec żyje! Rozkopcie grób! Trzeba to zrobić jak najszybciej! Każdy dzień się liczy! Pani, jako córka, przecież to rozumie! Ja wiem, miałam z nim kontakt, on mnie prosił.

Ja jej tłumaczę. A ona:

– Pani go nie znała! On tylko udawał! Miał specjalne właściwości. To był letarg! On był wyjątkowy, a ja mam z nim specjalną łączność. On żyje! On jest jak kot, powraca, żyje wiele razy! On mnie przysłał, żeby go ratować!

No i co robić? Co robić! Ta kobieta jest przecież szalona! Ona musiała go kochać, niestety! Czterdzieści lat, razem – osobno, w tajemnicy, którą zna tylko kilku przyjaciół, nieważne, a potem nagle – obawa przed tym, że wszystko się wyda i całe czterdzieści lat ukrywania się na nic. Ucieczka w panice. Ona pewnie od roku o niczym innym nie myśli, tylko o tym, co zrobiła. I doszła do takiej fazy wariactwa.

I jak tu się jej pozbyć, ale delikatnie? Subtelnie spławić? Jak pomóc? Wiadomo, że przecież nie będę spełniać jej życzenia. Mój grób, mój ojciec. I jeszcze moja matka tam leży. Tego się nie robi, nie można ruszać zmarłych. I lepiej żeby ona nie patrzyła na ten przykładny, małżeński grobowiec.

Wtedy ja wpadłam na pomysł. Prawie genialny. To mi się czasem zdarza... Odesłałam ją do mojej przyrodniej siostry. One się jakoś dogadały, bo obie nerwowe. Była u niej trzy dni, w końcu pojechała. Jest tylko jedno „ale". Potem ja miałam na głowie tę siostrę, bardzo nerwową, w strasznym stanie. Było ciężko. Ale ona zachowała trochę rozsądku. I z nią o rozkopywaniu grobu nie było już mowy.

Nie wiem, czy ona jeszcze żyje, ta kobieta. Wyglądała jak sama śmierć, już wtedy.

Czasami o niej myślę. I o nim. Co? Właściwie nie wiem. Może gdybym sama wiele nie przeżyła, chciałabym to oceniać. Jakoś. Po prostu nie spodziewałam się, że życie moich rodziców kryło jakiekolwiek tajemnice. Sądziłam, że wiem o nich wszystko. Czasami wydawało mi się nieciekawe. Te kotlety... Moja matka – księgowa. Ojciec, zawsze zamyślony, najczęściej nieobecny. Malarz zawsze bez pieniędzy. Ciągle mówiący: mam pomysł, to będzie moja najlepsza praca. Będę miał wystawę, zobaczycie.

Myślałam, że tylko ja się urodziłam dziwna i ciągle zdarzają mi się te straszne nieszczęścia. Te fanaberie, szaleństwa, historie miłosne. Zauroczenia, bezsilne pragnienia, nie do nasycenia. Że oni byli banalni, uporządkowani i nudni. Może wszystkich nas w gruncie rzeczy to samo trapi i tylko nie wiemy, bo to się ukrywa? Wstydliwa powszechna przypadłość. Miałam nadzieję, że chociaż na starość z tego się wyrasta.

Mój ojciec... On jednak zmarnował życie kilku kobietom, na pewno.

Ale ja sobie marnuję sama. I się jeszcze z tego cieszę!

Zatoka

Kiedyś, w ciąży trafiłam na oddział szpitalny. Z osemką ciężarnych kobiet w jednej sali. Dnie upływały szybko, na rozmowach. I było wesoło, czasami tylko tragicznie, ale krótko. Tragedie lądowały gdzie indziej. Zabierano je z zatoki pogodnych hipopotamów do innego boksu i szybko odwracano uwagę pozostałych.

– Dziewczynki, połknęłyście proszki? – wchodząc,

śpiewała wesoło pielęgniarka o cudownym alcie, a one wzdychały z ulgą, sapiąc: proszki, tak proszki. Proszeczki, cukiereczki, żeby było dobrze. Porządek łykania, porządek badania. To jest podstawa. I nadzieja. Która rośnie.

Pewnego dnia w rozmowie wyszło, że jestem zamężna po raz drugi. Wtedy osiem ciężarnych kobiet rzuciło się na mnie z pytaniem:

– O!!! Pani Ewo! Czy mężczyźni się między sobą różnią?

Długo milczałam. To poważna sprawa.

Pytają, więc nie wiedzą. Nie wiedzą, a więc są ciekawe. Więc – odpowiedzialność. Jeśli odpowiem im: Tak – to niedobrze. Będą próbowały, a to się może źle skończyć dla kobiet zamężnych i w poważnym stanie. A teraz chwilowo – niewinnych jak anioły.

Jeśli odpowiem im: Nie – rozczaruję je i skłamię.

– Różni się przede wszystkim to, co my czujemy – powiedziałam wtedy.

I do dziś mnie dręczy, że nie udzieliłam jasnej odpowiedzi.

„Różnią się tylko ci, których kochamy" – powinnam powiedzieć. Ci różnią się bardzo, od pierwszego dotyku, i są nie do pomylenia z nikim innym nawet w najgłębszej ciemności.

Cała reszta jest zupełnie taka sama. Chociażby byli niscy – wysocy, grubi – chudzi, mieli jasne – ciemne włosy, znali różne sztuki, nie znali ich wcale, a przyrodzenia mieli duże – małe, jak róg bawoli kręte lub wygięte i z baniastymi pomponami, nie różnią się od siebie ani odrobinę. I lepiej nie kosztować tego owocu. Cierpki, o jałowym smaku poniżenia.

Najlepiej omijać to plemię z daleka. Jest nieobliczalne, lubi łatwe łupy i nie gardzi przemocą. Może związać, pobić, podeptać, poniżyć. Wynieść z domu wszystko, urządzić codzienne piekło na ziemi. Zniknąć nagle. Lub porwać w nieznane. Podrzucić niechciane dziecko i wyprzeć się tego. Dziewczynki w poważnym stanie! Trzymajcie się dróg utartych i nie próbujcie owocu z tego drzewa.

Tylko czasami pokochać można z nich któregoś... Więc moja odpowiedź może była dobra, bo wykrętna. To jest gra niejasna. Czasami myśli się, to jest kant, nic więcej, zwykłe oszustwo, ale wszystko obraca się na dobre.

Nieprawda, że było tylko jedno drzewo wiadomości. Jest ich wiele. Całe lasy. Owoce o dziwnych kształtach i kolorach. Smaki nie do wyobrażenia. Ich rozmaitość. A anioł z mieczem ognistym nie zawsze się zjawia. Za dużo miałby roboty. Miecz jest ukryty. W samej historii. Na przykład na końcu, bo to powinno być na zawsze, a ma jakiś koniec.

Żegnaj, zatoko szczęśliwych hipopotamów. Prawdziwa łasko jedynej wiary, jednego Boga, jednej miłości. Ja, córka łowieckiego plemienia, wojowniczka, jestem z dzikiej hordy. Choć nie poluję. To oni się lepią. Zdobycze? W żadnym razie. Kłopotliwe podarunki. Które mają swoją cenę.

Zostałam zabrana do osobnego boksu. Słusznie, moje stokrotki, słusznie. Za karę.

Pani Wiesia

– Życie to nie żadna bajka! – mówi pani Wiesia, szatniarka, odbierając palto. Z panią Marią słabo się znają, bo pani Maria nie bywa często w szpitalnej przychodni. Całe szczęście, nie musi. Ale pani Wiesia dzisiaj jest bardzo wzburzona i sama zaczyna rozmowę. Z pierwszą kobietą, jaka się trafia.

– Co się stało? – pani Maria z grzeczności pyta, bo widzi, że trzeba wysłuchać.

– Ach, ci młodzi. Jest u nas taka pielęgniarka na neurologii, no, nieważne, ładna. Czasami rozmawiamy. Dzisiaj przychodzi zapłakana, nieszczęśliwa, oczy podpuchnięte. Co się stało? O ona: rozwód! Pytam: kto się rozwodzi? On czy ty? Ja muszę! No i płacze. Wypytałam ją. Chodzi o to, że on spojrzał na inną kobietę. Gdzieś poszli, byli w jakimś większym towarzystwie, a on rozmawiał z inną. I nawet z nią zatańczył.

– I to wszystko?

– Czy to wszystko, to ja nie wiem. Nie będę jej pytać. Wie, nie wie, mniejsza z tym. Ja bym jako żona nawet nie chciała wiedzieć. Pani mogę to wszystko lepiej wytłumaczyć. Przede wszystkim żaden rozwód nie ma sensu, skoro ona tak płacze. To jest dla niej nieszczęście. Ona nie chce go stracić, to wszystko. Ale tu właśnie jest problem z tymi młodymi. Nie wiedzą, co to jest życie. A życie to nie bajka. I trochę też to trwa, zanim człowiek, czyli kobieta, się nauczy.

Pani Wiesia musi przerwać, powiesić następne palto, dać numerek. A to mężczyzna przyszedł, lepiej niech nie słucha. Muszą przerwać. Ale pani Maria jeszcze postoi, poczeka. Skoro zaczęły taką ciekawą rozmowę, musi być coś dalej. Kobieta kobietę zrozumie. (A potem jeszcze czasem oko jej wykole – myśli pani Maria).

– Ano, życie to nie bajka i nie bajka – małżeństwo. Trzeba razem beczkę śledzi zjeść. I jeszcze ziemniaków.

– A oni, ci młodzi, myślą, że jakieś wykwintniejsze danie?

– Ano... Jeszcze zakąsić trzeba czasem czymś paskudnym, robiąc do tego dobrą minę. Nie ma lekko, oj, nie ma! Wszystko trzeba przejść w małżeństwie. Przede wszystkim wiedzieć, że mąż to normalny chłop. Czasem spojrzy na inną kobietę. I to trzeba uszanować. Przebaczać.

– Nie kłamać?

– Troszeczkę. No nie tak, żeby walić całą prawdę, od razu. Przyschnie, powiedzieć trochę. Nie za dużo.

– Zapominać?

– O nie! Tak daleko bym się nie posunęła, proszę pani. Przebaczać.

Więc taka jest jej filozofia! – myśli pani Maria. Jeść razem te słone śledzie i mdłe kartofle. I jeszcze coś gorzkiego.

– A jeśli faktycznie chodzi o inną kobietę?

– Tak, chodzi. Ale przecież nie w tym największy problem, ja widzę. Bo ona chciałaby, żeby on był inny. Inny!

– Rozumiem, inny!

– A inny nie będzie, tylko ten właśnie!

Pani Maria przeciera oczy ze zdumienia. Ta Wiesia powinna pracować w poradni psychologicznej. A nie w szatni...

– Ona by chciała, żeby jej imponował, zabiegał o nią jak przed ślubem. W oczy patrzył i kupował kwiatki. I jednocześnie, żeby był na własność dla niej. A to się nie trzyma kupy. No gdzie tam! Mąż to mąż, po domu chodzi w kapciach, czasem zmęczony albo i wściekły. Trzeba mu wtedy ustąpić z drogi. A tylko na zewnątrz: elegancki, myślałby kto. Ale tak być musi. Bez tego, że komuś imponuje, on by się czuł tylko jak stary kapeć rozdeptany. I nawet żona by nim pomiatała, nic więcej.

– Ale przecież są granice! Na co można pozwolić, jak daleko!

– No nie wiem. To zależy. Nie powiem, ja już czterdziesty rok w małżeństwie. I wiele przeszłam. Wie pani, jedną rzecz trzeba wiedzieć, koniecznie. Jak mąż to normalny chłop, to on się może nawet zakochać.

Pani Wiesia patrzy, czy jej słowa robią wrażenie. Robią. Pani Maria stoi osłupiała.

– Więcej pani powiem. Mąż jest dobry jak chleb. Jak jest dobry – jego smak nigdy się nie nudzi. Można jeść codziennie. Ale czasem kobieta także potrzebuje czegoś jeszcze. Oj, miałam taką historię. On, tamten drugi, był mi potrzebny jak woda!

Pani Maria rozgląda się wokół. Dobrze, nikt nie słyszy. Ten mężczyzna zostawił płaszcz i poszedł. Dalej mówi pani Wiesia:

– Zakochanie męża może się zdarzyć. I wtedy cała rzecz najtrudniejsza. Bo wie pani, że to jest tak urządzone, że nie znaczy, że mu się żona stała nagle obojętna. To nieprawda. Tylko trzeba wiedzieć, jak postępować. Bo kobieta, która mu kołki ciosa na głowie bez przerwy, krzyki i szlochy urządza od rana, co ja mówię, całe noce, noce przede wszystkim, szybko mu zbrzydnie. Stanie się jej wrogiem. Do tego dopuścić – błąd największy! Więc widzi pani, przez co ja przeszłam. Nawet nie chcę opowiadać. Dawno temu to było, i nie wspominajmy, a życie dalej się toczy. Mamy dwójkę dzieci. Oczywiście dorosłych. I pięcioro wnuków. I widzi pani? Jest nieźle, oby tylko mi nie chorował, mój stary. A ci młodzi, ja nie wiem, na serialach życia uczeni, nic nie wiedzą. Przecież ona sama sobie gotowa zrobić krzywdę, ta dziewczyna. Wyrzuci go, załóżmy, że rozwód. Co z dzieckiem? A ona już zawsze będzie nieszczęśliwa. Sama siebie ukarze. I po co? Dla honoru?! Kobieta może honor sobie schować głęboko. A najlepiej między nogi.

Pani Maria już wie i więcej wiedzieć nie musi. Ona zna się na ludziach, ta Wiesia, ale to trochę przekracza jej wyobrażenie i pojęcie moralne. Może już z tego wyrosła. I dobrze. Więc pani Maria dziękuje i kończy na dzisiaj rozmowę. Może jeszcze jak będzie wracała, wejdzie, o coś spyta, wymienią dwa słowa.

Woli zostać teraz ze swoimi myślami. Na coś liczyła, na coś zawsze liczyła, całe życie, ale się przeliczyła. Ten jej stary... Łatwo go wspominać, gdy nie żyje. Wytrzymać z nim było ciężej. Chleb? Jaki chleb, chyba z zakalcem, niejadalny. Pani Wiesia nie wie wszystkiego. A jak wie, to nie powiedziała.

Najgorsza jest wódka.

Jeszcze gorszy Mieczysław, ten demon. Pani Maria nie może zapomnieć. Co za głupia historia, której nawet nie można opowiedzieć, żeby poradzić się drugiej kobiety.

Chodzi o to, że on jej się śni. Nie mąż. On po śmierci nadzwyczaj spokojny. Nawet dobry. Leży sobie, odwiedza go i przynosi nieraz kwiatki. Żeby nie miał smutno, biedaczynka. Taki spokojny teraz!

Tamten! Zaczęła bać się sąsiadów. Kto wie, co za człowiek mieszka obok w bloku. Rano do windy wchodzi demon seksu. Rozpyla wokół mocny zapach perfum. Demon samotności zaczyna grasować wkrótce potem. Dnie się ciągną, bez sensu, bez celu. Gdy demon seksu powraca wieczorem, jest już tylko zwykłą kobietą. Opadnięte rajstopy, zniszczona twarz, figura kartofla, a w rękach dźwiga siaty. Jak pani Wiesia. Tylko gorsza, taka, co śmieje się z rzeczy poważnych, manipuluje ludźmi. Ale to jeszcze nic takiego. Nocami zaczyna grasować Mieczysław, czarny dziadu. On się śni, przebiegły, nie chodzi, nie zostawia śladów, albo jeszcze gorzej, nie daje zasnąć całe noce. Człowiek? To nie człowiek. Człowiek by zrozumiał. M. i M., jak by to pięknie było. Cała jej wina, że sobie pomyślała i była dla niego dobra.

W takie noce pani Maria nalewa sobie kieliszek wódki. Zagryza śledziem, a jak nie ma, czym innym.

Jak nie pomaga – jeszcze drugi.

I trzeci.

Pani Maria też demon. Ale tylko w nocy! Rano zwycięża rozsądek i pasja domowych porządków.

Wszystkie demony zostają pokonane. Ale powracają, ciągnąc po ziemi swoje brudne ogony. I wkrada się chaos. Porządki nigdy się nie kończą ostatecznym zwycięstwem.

Ewa

Jestem Ewą.
To ja jestem jabłkiem.
Wkoło sporo pospolitych Adaśków.
Chcieliby mnie zjeść.
Są też węże.
Ci chcieliby mnie zatruć.
Niedoczekanie!

List ze spamu 1

(po angielsku)

Aniele,

zwracam się do Ciebie, abyśmy nareszcie się odnaleźli. Czy wiesz, że dwoje ludzi, których łączy miłość, tworzy jednego Anioła? Czytałem gdzieś o tym. Wierzę, że Ty gdzieś jesteś i czekasz. Czy jesteś moją brakującą połową? Nie znasz mnie, więc muszę się przedstawić. Mam na imię David, mam 30 lat, urodziłem się dość daleko, gdzie poznali się moi rodzice; przez pewien czas mieszkałem w Londynie, potem podróżowaliśmy, a teraz znów wróciłem do Europy. Jeśli zadasz mi pytanie, kim właściwie jestem, zapewne nie odpowiem na nie zadowalająco. Człowiekiem! Moja mama ma korzenie fińsko-greckie, ojciec pochodzi z Ameryki Południowej. Niewiele ich łączy z przeszłością ich rodzin, a mnie – z pewnością jeszcze mniej. Właściwie nie wiem, jaki jest mój język ojczysty. Zawsze używałem kilku. Jestem samotny i czekam na Ciebie, jeśli jesteś moim Aniołem.

W jakiej przestrzeni odnajduje się Anioły? Myślę, że nie w zwyczajnej, jeśli więc drogi, którymi moje słowa będą krążyć, aby wreszcie dotrzeć do Ciebie, będą zawiłe – tym lepiej. Jeśli otrzymasz list, przeczytaj go uważnie, a sama poczujesz, czy jesteś jego adresatką. Rozpoznasz to bez wątpliwości i odpowięsz mi. Jeśli nie – po prostu nie odpowiadaj, nie życzę sobie tego. Możesz pomyśleć sobie o mnie, co chcesz, że jestem zakochany bez sensu, zagubiony czy szalony. To nie ma znaczenia. Odsłaniam się, wiem. I cóż z tego? Pokazuję to, co jest bardzo ludzkie i w gruncie rzeczy wspólne.

Moje życie bez Ciebie, Aniele, jest smutne. Ale i dość

bezpieczne. Nigdy nie musiałem pracować zarobkowo. To nie było konieczne, choć w tej chwili powoduje pewne napięcia. Zawsze bałem się, że praca zabije we mnie duchowość. Przynajmniej taka praca, jaka jest dla mnie dostępna. Nie nadawałem się do pokonywania kolejnych szczebli formalnego wykształcenia. Trochę przeszkadzały mi częste zmiany języków (mieszkaliśmy też pewien czas w Amsterdamie), ale przede wszystkim miałem świadomość, jak ogłupiające są zajęcia i tresura, którym trzeba się poddać.

Ale samotność też jest niedobra. Czasami, niestety, popadam w depresję. Znam to, zwykle przychodzi jesienią i ciągnie się przez zimę. Ale to nie chodzi o pogodę. Gdyby po prostu brakowało mi słońca, wystarczyłoby wyjechać do Ameryki Południowej. To objaw tęsknoty za Tobą. Od pewnego czasu wiem, czego mi brak. Ciebie. Jesteś brakującym ogniwem mojej historii i wiem, że Cię nie wymyśliłem, choć Cię jeszcze nie znam.

Jeśli Cię odnajdę, wszystko się ułoży. Także sprawy praktyczne. Moje dochody nie są całkiem wystarczające na utrzymanie rodziny, ale gdyby nasze życie wymagało podjęcia przeze mnie pracy, nawet głupiej – po prostu zrobię to. Jestem na to gotowy. Dzisiejszy świat trapi wiele nieszczęść, jednym z nich jest to, że zajęcia, którym naprawdę warto się poświęcać, trudno uczynić źródłem dochodu. Może wydaje się, że to nie jest największy problem, jeśli są rejony świata dotknięte głodem i wojną. Ja jednak uważam, że i w tym kryje się istotny sygnał, jak płaskie i ograniczone stało się współczesne życie. To jest epidemia, która zabija cicho i podstępnie! Dla mnie ważne są sprawy niemożliwe do przeliczenia na żadne pieniądze.

No cóż, choć wiem, czego chcę, jestem jednak trochę zagubiony. Brak mi kontaktów i profesjonalnego wykształcenia. Wiem o tym, że to przez moje zaniedbanie, a także przez nieumiejętność kompromisów. Gdybym jednak dał się wkręcić w bezmyślne tryby, stałbym się sam częścią ogłupiającego systemu. Od początku widziałem, jak ta wielka maszyna niszczy siły twórcze, czyli właśnie to, co może być najcenniejsze w człowieku. Nie widzę się w roli urzędnika bankowego czy przedstawiciela jakiejś firmy, choć to uchodzi za sukces. Wiem, że być może moi rodzice mieliby mniej powodów do troski. I nawet Ty, Aniele, bo czuję, że Cię martwię. Ale wszystko zależy od Ciebie.

Mam 30 lat i wydaje mi się, że jestem już stary. Mam przyjaciół, którzy ciągle czują się młodzi, lubię z nimi spędzać czas, ale to za mało. Chcę więcej. Wydaje mi się, że sens mojego życia zależy od tego, czy cię odnajdę. Jeśli to Ty jesteś Aniołem – czytaj dalej. Nie będziesz zaszokowana, że proponuję Ci małżeństwo. Więcej niż związek formalny: chcę Ci dać siebie i całe swoje życie. Założyć rodzinę, która będzie dla nas źródłem szczęścia. Sądzę, że to, co otrzymujemy od życia, zależy od tego, co dajemy. Jeśli więc oboje włożymy w to całą naszą dobrą wolę, musi się nam udać. Damy też światu to, czego w nim brak. Czystość, bezinteresowność i miłość. I ta bezsensowna maszyna odmieni się. Dzięki nam.

Mój przyjaciel ożenił się z dziewczyną z Europy Wschodniej, mają już dziecko i widzę, że jego życie się ułożyło. On jest prostszy niż ja, ona nic jest Aniołem, ale i to jest dobre. Myślę, że gdzieś na świecie jest taka osoba, na którą czekam. Może to ty? Zastanów się, za czym tęsknisz, czego pragniesz i na co jesteś gotowa. Na początek: podróż. To chyba nie tak wiele?

Może się jednak zastanawiasz, dlaczego wysyłam list w przestrzeń, nie szukając bliżej? No cóż, szukałem... To nie jest proste. Przekonałem się, że kobiety na zachodzie Europy są bardzo egoistyczne, zależy im tylko na sobie, i to wyłącznie na wymiernych korzyściach. Nauczono je tego, oczywiście wmawiając im, że to jest dla nich najlepsze i tylko w ten sposób będą szczęśliwe. Ale nie są! Większość utraciła zdolność prawdziwego rozumienia drugiego człowieka i kochania. Zastąpiły to poczuciem interesu.

Mam wszystko przemyślane w najdrobniejszych szczegółach. To będzie niezwykłe. Nie znam ani słowa z twojego języka, ale przewiduję, że znajdziemy porozumienie od pierwszej chwili. To byłoby najwspanialsze, móc całować Twoje usta i Twoje dłonie. Masz piękne dłonie, nieprawdaż? Anioły takie mają, a mój Anioł – z pewnością. Gdy już będziemy sami, musisz mówić do mnie w swoim języku. Nie znam go. Ale polubię. I na pewno zrozumiem, skoro mój język odkryje twoją skórę, jej subtelność i gładkość. Chciałbym gładzić Twoje piękne ciało do końca mojego życia.

Nie jestem facetem, który uważa, że ciało kobiety służy do tego, by zrobić z niego użytek i zaspokoić się. Poszukuję kogoś, kto naprawdę da mi siebie i będzie gotów mnie zrozumieć.

Aniele, nie wiem, jak wyglądasz, i nie odważyłbym się teraz ujrzeć Twojej twarzy. Daj mi trochę czasu. Wystarczy, że napiszesz krótki list, którego słowa sama odnajdziesz. Mam inną prośbę. Czy jesteś gotowa na małe wyznanie? Jeśli czytasz ten list i rozumiesz moje intencje, jestem pewien, że mogę to wyznać. Jestem troszkę fetyszystą. To bardzo drętwe określenie, z zimnego świata nowoczesnej medycyny, która niczego nie rozumie, a usiłuje opisać także to, co dzieje się między ludźmi. Myślę o twoich stopach. Czy mogłabyś mi przysłać zdjęcie Twojej stopy? Najważniejsza jest kostka i harmonia kształtów. I kobiecy charakter stopy, jej delikatność. Zrób takie zdjęcie, może być z komórki, i proszę przyślij; to przecież nie jest zbyt śmiała prośba. Ono powie mi wszystko. Po tym Cię rozpoznam. Ja też muszę być pewny, że to Ty właśnie jesteś Aniołem. Godnym adoracji i całego mojego życia, które Ci ofiaruję.

Wiem, że praktyczna strona życia może nie ułożyć się od razu dobrze. Małżeństwo pociąga za sobą wydatki, a my oczywiście chcielibyśmy mieć dziecko. Twoje kwalifikacje w innym kraju mogą okazać się nieprzydatne. Muszę cię uprzedzić, że nawet jeśli skończyłaś studia, w nowych warunkach to przeważnie niewiele daje. Życie w wielkiej metropolii też bywa wyczerpujące i trzeba mieć sporo siły duchowej, aby znieść wieczny pośpiech i nie dać się wessać w materialistyczną próżnię. Dorastałem w innym miejscu, wśród innych doświadczeń i nie mówię Twoim językiem. To jest spore wyzwanie. Wiem jednak, że sprostasz mu z łatwością, jeśli tylko mnie pokochasz.

Czy nie nuży cię czytanie tego listu? Jestem pewien, że jeśli rzeczywiście jesteś Aniołem – czytasz go szczęśliwa i spokojna, że spełniły się Twoje marzenia i nareszcie Cię odnalazłem. Czekałaś na mnie, prawda? Zrozum, gdy piszę te wszystkie słowa, wkładam w to całą moją duszę. I mam wrażenie, że ten sen o odnalezieniu Ciebie, który śnię już od długiego czasu, zaczyna się spełniać. Dlatego piszę... Domyślam się, a nawet czuję Twoją daleką obecność. Nie mogę się mylić.

Przesyłam Ci gorące pocałunki
David

List ze spamu 2
(ten – po polsku)

Z powodu wyjazdu żony poszukuję na trzy tygodnie kobiety, która: ugotuje, posprząta, zrobi zakupy, będzie miła, samodzielna, pracująca, zarobi na nas, a także będzie dobrze wyglądała i miała ciekawą osobowość, która wzbogaci moje życie wewnętrzne. Poza tym zajmie się dziećmi, żeby nie przeszkadzały oraz rozwijały się fizycznie i umysłowo. Pozostanie na dłużej wykluczone.

M.

Ewa pisze list do Króla Życia
i go nie wysyła

Wybacz,

...jeśli masz wrażenie, że o Tobie zapomniałam. To nieprawda. Z takim trudem przebiliśmy się przez zdziwienie: różni? ale podobni! Potem jeszcze przez hałdy wstydu. Niezbyt piękne. Przez moje przekonanie, że wiem już wszystko, więc nie chcę. Przez Twój strach. Przede mną.

Zawsze staram się ukryć ten rodzaj wariactwa, które mnie dosięga. W końcu nie kocha się szalonych. Za duże ryzyko. Chora na niepokój i samotność, które pragną ukojenia. Na chwilę. Ty przecież chorujesz na to samo, więc ukrywaliśmy to przed sobą dość nieudolnie i w końcu wysupłaliśmy się z kryjówek. Absurdalne pragnienia, których nie da się spełnić, stanęły naprzeciw siebie. Rozpoznały się. Nic nie dało się zrobić.

Jednak warto było. Dostałam od Ciebie tak wiele.

To było odkrycie: Twoje mruczenie rozkoszy to najpiękniejsza piosenka świata! Tyle lat żyłam, nie znałam tej piosenki. Pewnie i Ty nie wiesz o tym, bo Ci nie powiedziałam. Nie wiedziałam, że istnieje. I że właśnie Ty ją śpiewasz.

Uwielbienie, zgoda i bezbronność.

Można jej nie rozpoznać. Tak jest prosta. To nie jest aria z opery. *Musica mundi* to mruczenie na pograniczu jęku.

Łatwo przeoczyć. To nie jest wielka suita na organy. To jest na całe duże męskie ciało, które śpiewa.

Twoje właśnie. Zjednoczone z żeńskim. Właśnie moim. Mmm.

To jest piosenka we wspólnym języku ludzi. Ani po polsku, ani po żadnemu. Nie ma słów, ale ją rozumiem. Mówi tylko: zgubiłem się w tobie i odnalazłem. Już nie pragnę. Mam. Mmm.

Spytałeś mnie tylko, dlaczego się uśmiecham. Dlatego. Oddech świata wypełniony zachwytem. Olśniło mnie. I dlatego ten kolec rozczarowania, utopiony we mnie, czasem nie boli.

Pamiętam. Czy można zapomnieć? Niestety, to kiedyś się zatrze. Ale nie dosięgło nas jeszcze to nieszczęście. Proszę Cię, bądź gdzieś blisko-daleko. Przecież nie wiem nawet, w jakim kraju teraz jesteś. To niepotrzebne, piosenka jest ze mną. Czasem idę ulicą, przypomina mi się, uśmiecham się do nieznajomych. Chyba jestem do tej pory trochę szczęśliwa. W małych porcjach to znośne i nie ogłupia.

Cóż się stanie ze światem, jeśli zamilknie piosenka? Pięć strasznych nieszczęść: czczość, bezpłodność, bezdzietność, uwiąd i nuda.

Nie tęsknię, ale zalewa mnie wzruszenie, gdy do Ciebie piszę.

Mmm.

Ewa

Składa zielony arkusz papieru, jest zadowolona. Wynalazła miłość, która będzie trwała zawsze! List nie zostanie wysłany, zresztą nie zna żadnego adresu. Gdzie on może być? Na Karaibach? Filipiny? Może Chiny! Mogłaby go spotkać najwyżej w swoich nocnych lotach transkontynentalnych. Gdyby jej samolotem nie był mąż, który chrapie.

List jest dla niej samej.

Po kilku dniach drze go na kawałki, krztusząc się z sarkazmu.

Spróbuj powiedzieć o płomieniu, tak aby nie pożarł kartki, na której piszesz!

Skoro to się udało – jest nieprawdziwe.

Przemiana

Kiedy zdejmujemy ubranie, kiedy zaczynamy się dotykać, znów jesteśmy młodzi. Jak wtedy, gdy się pokochaliśmy przed laty. Ja jestem wciąż dziewczyną, a ty – mężczyzną o pięknych biodrach z rzeźby greckiego Apollina. Z męską linią wcięcia, nie w pasie, ale w miejscu złączenia uda i boku. Na wszelki wypadek zamykam oczy. Dzięki temu widać wyraźniej twoją młodość, która powróciła. Ona jest w ruchu, w namiętności. Promienna.

Nie wiem, jak to się dzieje, ta przemiana, ale jest prosta i szybka. I nie boli. Piękne i radosne zmartwychwstanie młodości w obcowaniu ciała. Odbywa się tak samo łatwo jak jej pierwszy etap. Koszmarny wstyd z początku: przemiana naszych organów. I gdybyż to były organy o brzmiących fujarkach, zdolne do grania fugi! Nie, to jest przemiana narządów wydalania w symbole naszej chwały. Jak się zastanowić – okropność. Ale nie trzeba się zastanawiać. Po zamknięciu oczu wszystko przebiega świetnie. Nie trzeba do tego przygotowań, rytuału, to oczywiste i przez to zawstydzające. Tylko nie możemy tego zrobić pojedynczo. Cud wymaga udziału dwóch kochających się osób.

Więc może powinnam porzucić moje niedowiarstwo. Cuda się zdarzają. Codziennie. Nie dostrzegamy ich, bo to tak proste. Więc to prawda, że niczym trudnym nie będzie dla Boga dokonać przeistoczenia. Skleić ciała, przyszyć oderwane członki, a nawet z niczego odtworzyć. I wszyscy piękni i młodzi staną w ogniu miłości.

I na nic moja ostrożność, nie można ufać nawet niewierze.

Ona

– Nienawidzę go, odszedł, zdradził – mówi ta kobieta. – Od dawna podejrzewałam, że mnie nie kocha. Teraz mam już pewność. Ma inną! – krzyczy.

Ten ton rozpaczy sprawia ból. Nawet mnie kaleczy, gdy to słyszę. Poza tym ona też kogoś miała. Prawie przez cały czas. Ale o tym nie wspominamy, nie teraz. Między kobietami pewnych rzeczy się nie mówi. Historie są osobne, trzeba to szanować. Tamten drugi nie ma w tym momencie nic do rzeczy.

– Daj sobie z nim spokój. Skoro cię nie kochał, to niech robi, co chce.

Bo mnie ta jej nienawiść wydaje się prawdziwym nieszczęściem. Przecież jeszcze miesiąc temu mieszkali ze sobą. No i jest ten drugi. Więc już wtedy go nienawidziła? To niemożliwe.

Ale ona jest oburzona tym, co mówię. I nie jest ani trochę wdzięczna za radę. To wciąż miłość, która trwa, ale zatruta. Żywi się jadem i ogniem. Nosi ze sobą to cenne zepsute jajo. A ja proponuję, żeby je zostawiła pod pierwszą lepszą sosną. Ona ma wciąż nadzieję, że z zepsutego jaja wylęgnie się smok – mściciel. Ze skrzydłami z błony, cały w śluzie, straszny. Z siarczanym oddechem.

Nieszczęśliwa miłość, miłość, która boli, silniejsza jest od spełnionej i radosnej. A więc jej miłość kwitnie jak pożar na polanie, przy którym tańczą szaleńcy.

Ja, wyznawczyni harmonii, nie rozumiem furii.

One

– Czasami myślę o tym, że to już mogłoby się skończyć, ten obłęd. Żeby przeszło w chroniczną postać oswojonej przypadłości, nieszkodliwej i znanej. Bo wszystko już było – marzy kobieta, która jest już trochę zmęczona. Nieważne, jak ma na imię, może nosić różne imiona. Irmina Maria Renata. Ewa. I inne.

– Nie masz co się łudzić – odpowiada jej starsza koleżanka. Siwe włosy, twarz w zmarszczkach. – To nie mija z wiekiem, wiem coś o tym. Niestety, nie wywiniesz się sianem.

Więc się nie wywinie. Skoro ona to wie, i ze mną nie stanie się inaczej – myśli Irmina Maria. Chciałaby tylko postawić po małym ogarku przed pamiątką każdej z przeszłych miłości. Pod tymi, które były tego warte. Tak, zapomniała, ale przecież nie kompletnie. Tak trochę. To nie jest żadne piekło nieistnienia, to po prostu kraina cieni. Łagodna, choć niepłodna. Przyda się trochę światła. Największy płomień dla tej miłości, która zagubiła się w jego obfitym futrze i zimuje tam od tego czasu, do odnalezienia. Małe zwierzątko, hodowlane. Dla obecnej – znaleźć formę codziennego kultu i letniej wiary.

A potem zobaczyć świat tymi samymi oczyma co w dzieciństwie. Mak, obłok, wróbla i kota.

To było takie piękne marzenie: że to kiedyś się wyczerpie – myśli pani Wiesia. I pani Maria. Tego oczekiwały, że z wiekiem się uspokoi. Ale wciąż dopada.

Ewa spodziewała się, że wyrośnie z tego jak z młodzieńczej choroby, okresowego szaleństwa. I wszystko dobrze się ułoży. Będzie bardzo kochała dzieci. Kwiaty, piękną pogodę, dobre książki. Przyjaciół z daleka, nie posuwając się do wkraczania w intymność. I jeśli ktoś będzie na jej widok przymykał oczy, to będzie miał futro, ogon i wąsy. Nawet może być kobietą.

Ale to nie minęło. Zamyka oczy, Wąsy, broda. Nie może patrzeć na jego twarz z bliska. Zbyt ją wzrusza. Zbyt jasna.

Nie mruczy.

Sebastian

Ten chłopak jest na neurologii. Jakieś przykurcze, ataki. No i pewnego dnia zszedł na dół. Taki cały najeżony. Żeby kartę do telefonu mu załatwić – mówi do pani Wiesi. Nie za grzecznie. Tak spode łba patrzy i burczy. Ale ona widziała, że się w nim aż kotłuje.

– No i do kogo tak chcesz dzwonić? Tu, kochaneczku, przysiądź, herbaty ci zrobię. Nie tak znowu pilno!

I tak powoli odtajał nad tą herbatą, chociaż się ręce jakoś nie chciały ułożyć. Pani Wiesia natychmiast odgadła. Jaka tam neurologia! To co innego się stało, że mu się ręka sama zaciska. Jak do noża! Gołym okiem widać, na to nie trzeba doktora. I tak do niego mówiła łagodnie, co dzień, bo przychodził. Niech nawet nie opowiada, co się stało, od tego nic się nie odstanie i nie zrobi lepiej. Po prostu niech odpuści. Tu trzeba trochę dobroci.

I tak powoli, codziennie po trochu. Na drugi dzień przyniosła mu z domu kiełbasy. Dobrej, swojskiej. Od razu poweselał. No to był jeszcze salceson i nóżki, a on z taką szczęśliwą miną jadł. Trzeba z nim tylko uważać, najbardziej na ton głosu. Nie odzywać się: „Nie rób!", „Siadaj!", żadne „Nie siorb!", choć faktycznie siorbał. Tylko miękko: Sebastian! A on wtedy: He! he!

Gdzie u mnie karty do telefonu, matka u niego była, mogła przynieść – myśli Wiesia. A on herbatę codziennie pije, o kartach już nie wspomina. Niepotrzebne dzwonienie, jak jest pani Wiesia.

Ale chłop to chłop, pani Wiesia wie swoje. Nie na to tyle lat chodzi po świecie, żeby się pewnych rzeczy nie nauczyć. On czasami się chce przyłożyć do piersi. I tak za paltami, schowani, żeby nikt nie widział, boby się z nich śmiali i jeszcze gorzej. No, a zimą dobrze w szatni, bo dużo palt wisi. I długie. Ale i ruch większy, bo latem wiadomo, ludzie nie zostawiają okryć, a i jeszcze drugie, że mniej chorują i mniej się też leczą. I tak sobie razem siedzą, buju-buju, a on jak dziecko, takim patrzy wzrokiem. Rozklejony.

To chyba chodzi o matkę, bardzo energiczna kobieta, taki ma nieprzyjemny głos i krzyczy. Uważa, że on to sobie wymyślił. Tę chorobę. No, może i wymyślił, bez myślenia by coś takiego się nie zrobiło. A co ma być, jak stołek? Tam coś było z żoną i dzieckiem. Lepiej tego nie tykać, bo jeszcze mu to wróci.

Pani Wiesia odsuwa lekko Sebastiana, nie trzeba, mój drogi, nie trzeba. Ale go gładzi po włoskach złotych, kręconych.

Jaszczurki

Ten nastrój idylli mimo zwykłej środy... Szare podwórka, deszcz niewielki, listopad... I ten zachwyt. Leżeliśmy jak na łące wśród kwiatów, choć to była tylko kołdra w kwiecistej powłoczce z supermarketu. A jednak. Ta świetlista przestrzeń, poczucie otwarcia. Zapatrzeni w siebie nawzajem. Objawiło nam się porozumienie. Odurzenie. Może zagubienie? Ta wypolerowana, rogowata skorupa, którą zwykle osłaniam się, jest dziś niepotrzebna i została zdjęta. Nie zimno, ciepło, ale przecież dygocę. Pod spodem przerażenie. To naprawdę możliwe? Taka bliskość? Bezbronność? Pod cienką skórą pierzchające jaszczurki – więc ta idylla trochę trudna, tyle szczęśliwa, co bolesna. Jaszczurki wiją się, uciekają, a ja patrzę jak w dzieciństwie, okrągłymi oczyma, tak blisko od łez do promiennej radości, to jest chyba szczęście, nieszczęście, jaszczurko.

Milczenie

– To piękne, móc z kimś milczeć. Porozumienie między dwojgiem ludzi nigdy nie jest pełne, jeśli nie wytrzymuje próby milczenia – mówił mi kiedyś R.

To było dawno, R. nie żyje od wielu lat. Niewiele zapamiętałam z naszych rozmów, ale to jakoś utkwiło. Był dla mnie starym mężczyzną, Żydem o skomplikowanej biografii. Nie czułam się z nim naturalnie. Zawsze niedobrze, nieszczerze. Nawet rozmowy były trudne, krępujące, bo wyczuwałam, że mu się podobam. Raz pogłaskał mnie po policzku. To wszystko. A ja drgnęłam nieprzyjemnie.

Cóż za niesprawiedliwość, w jego sytuacji, po latach natknąć się na najbardziej autentyczną dyskryminację. Za stary, za mały. Za mały, za stary. Tego nie da się zmienić.

Pewnie dużo wiedział o miłości. Był taki inteligentny. Błyskotliwy i dowcipny. Bardzo dowcipny, a to się podoba. I niezwykle hojny w przyjaźni.

– Chcesz kluczyki od mojego samochodu? Nie bój się, weź. Pojeździsz sobie.

– Lepiej nie. A jak w coś wjadę?

– Nie wjedziesz. Cóż wielkiego może zrobić początkujący kierowca! Niebezpieczni są tylko ci, co sądzą, że już świetnie jeżdżą. Więc nie ma mowy, żebyś sobie coś zrobiła, śmiało. Możesz najwyżej spowodować małą stłuczkę. No to się wyklepie, żaden problem. Przecież cię bardziej lubię niż mój samochód.

To chyba było wyznanie. Całkiem jednoznaczne.

A ja nie wzięłam kluczyków.

Wysokie blondynki mają o sobie wysokie mniemanie. Pociągali mnie wysocy, dobrze zbudowani, inteligentni i młodzi. Przyjeżdżali, kluczyki chowali do kieszeni. Od niego nie chciałam nic. A od nich – na pewno nie ich samochodów.

Zostałam ze zdaniem o milczeniu.

Daleko w czas sięgnęło to milczenie i uległo przemianom. Zaczęło się od pierwszego milczenia, które zwalnia z grzeczności prowadzenia rozmowy. Potem R. w ogóle przestał używać słów. Zapadł w milczenie drugie. Potem nieodwołalnie przeszedł na stronę trzeciego milczenia. I pewnie przechodzi kolejne – etapy wędrówki poprzez siedem krain zapomnienia. A ja wciąż nie czuję się naturalnie, gdy go wspominam. Może trzeba było wziąć kluczyki. Choć tyle dla niego mogłam zrobić. Chcieć, czegoś chcieć.

Skądże

Są imiona tak czułe, że nie do wymówienia. Imiona niesłyszane, nadawane w tajemnicy. To imię wolno wymawiać tylko w ciemności. I najlepiej szeptem, do ucha. Nie można zbyt czule mówić do mężczyzny, bo można go zranić. Więc ona nie mówi, tylko myśli: Strumyczku. Powiedziałaby, a on by się zdziwił.

– Strumyczku? Dlaczego? – zapytałby.

– Domyśl się. Bo ciekniesz – powiedziałaby, a on by się żachnął.

Ale tej rozmowy nie będzie. Ona nie może powiedzieć mu o tym, co dalsze. Że chciałaby przez niego przepłynąć. Kiedy już wydaje jej się, że zanurzyła brzuch i uda, słyszy nagle zwykły skowyt. Nie wiadomo, czy ludzki. Patrzy na niego, pytając, a on odpowiada, nie mówiąc: nie, to nie skarga. To tylko tak.

To nie jest istotne i nieprawda. Nic dzikiego, to jest oswojone. Tak się tylko przez chwilę wydawało, że ma coś z wilka. Albo wilkołaka.

– Zmęczony jesteś? – pyta ona z przestrachem, a on zaprzecza: nie, skądże.

Też się boi niespełnienia. A spełnienia – jeszcze bardziej.

Kilka antyporad

...*tajne

2. Odsłoń bezbronność.

3. Nie ma innych związków niż niebezpieczne.

...*niestety, również tajne.

5. Pisz listy miłosne, jeśli musisz, ale ich nie wysyłaj. Nasze czasy nie tolerują podobnej egzaltacji. Więc pal je w płomieniu świecy. Listy są okrutne, palenie ich – to zbrodnia. Ale to cię zahartuje na wszystko, co zdarzy się dalej.

6. Przygotuj pokorę. To, co się zdarzy, nie będzie łatwe. Oczom trudno znieść jasność słońca. A więc poruszać się będziesz po omacku, nie widząc.

7. Odbądź rytualne oczyszczenia. Z zazdrości, z nienawiści i chęci posiadania. Niestety zapomniane zostały rytuały. Musisz je wynaleźć.

...*zbyt okrutne.

8. Z artykułu w piśmie kobiecym wykreśl sformułowania: uprawiać seks, masz prawo do orgazmu, partner. Uprawia się marchew, partnerzy są w grze i w interesach. I nie ma praw, są tylko podarunki.

9. Mężczyźni to duże dzieci. Dzieci należy kochać. Od wychowywania ich są matki i nauczycielki. Jeśli nie jesteś żadną z nich – to lepiej. Pomyśl, że kochane dziecko zwykle odwzajemnia się uczuciem. To takie miłe i tego właśnie pragniesz. Jesteś przecież dzieckiem, dużym, trochę bezradnym, spragnionym, dziewczynko.

Oni

Opowiadają, że pewnego dnia dotarli do bram raju. Przynajmniej tak to wyglądało. Bramy były potężne, nie sprawdzali, czy zamknięte. Po prostu stanęli pod nimi i zadarli głowy. Byli wtedy tak szczęśliwi, że trochę lekkomyślni. A przegonił ich stamtąd nie anioł, lecz deszcz. Był ciepły. A oni biegli tak sprytnie, że przebiegali między kroplami. Przeskakując góry, pagórki.

Od tej pory żyją zwyczajnie, ale często się śmieją.

Sen Irminy

Myślała, że to osłabło i będzie trochę łatwiej. Ale wtedy jej się przyśnił.

Bardzo sentymentalnie.

Rozpływali się z czułości jak dwie kostki masła na patelni.

Tyle masła?

To niezdrowo. Niemożliwe. Przecież cholesterol!

I z tym się obudziła.

Więc myśli teraz: coś się stało, że do mnie tak wrócił. On jest teraz daleko, nie opowie mu tego snu. Wysyła krótką wiadomość – pytanie. Nie ma odpowiedzi.

Sny trzeba rozumieć odwrotnie – przypomina sobie. Więc coś się stało. Miał wypadek, leży nieprzytomny. To przez ten cholesterol.

Pod wieczór Irmina ledwie żyje z napięcia.

Nie może zasnąć, cały czas myśli. Dlaczego nie odpowiada? Ach, może to tylko telefon, utopił się w sedesie i jest martwy, a jej niepokój eksploduje i będzie wielki pożar świata albo spali się w powietrzu jak spadający meteoryt.

Słucha wieczornych wiadomości, czy coś takiego się zdarzyło?

Nie.

Irmina podejmuje kilka postanowień. Zaocznych. „Obiecuję być dobra i kochać cię mniej. Nie więcej, niż jesteś w stanie przyjąć. Nie bezgranicznie, tylko trochę. Mogę nie być czuła. Spróbuję co czas jakiś zdobyć się na coś wulgarnego, jeśli to będzie lepsze niż moja miłość, która rani. Najbardziej mnie samą... Ale to wszystko musi jeszcze trochę potrwać".

A potem sama zadaje sobie pytanie. To, które chciałaby zadać jemu, ale się boi.

3

Mężczyzna fatalny

Skoro nie można zrobić nic, trzeba zrobić cokolwiek. Skoro tkwię w pułapce, można próbować chodzenia po ścianach – myśli Irmina. Tym razem idzie do innej kobiety, bo tamta nie pomogła.

Specjalistka od spraw miłosnych, polecona przez koleżanki. Wygląda normalnie, jak sto innych kobiet w autobusie, na ulicy, w sklepie.

– Z czym pani przychodzi? – pyta.

Irmina opowiada, że rozstawała się z nim już trzy razy. Zawsze nieskutecznie. Dziwna kobieta widzi dziwne rzeczy. Każe jej przynieść jego włos następnym razem. To jest pierwsza zdrada – myśli Irmina, zabierając włos z poduszki. – Z tych poważnych. Bo inne rzeczy się nie liczą. Nie miały znaczenia.

Chowa włos do kalendarzyka, żeby go nie zgubić.

Kobieta bierze włos w palce i się namyśla. Liczy, ile dotknięć palca mieści się na tym włosie. Niewiele. Jest krótki. Krzywi się, odsuwa włos i mówi:

– On panią opętał. Czy czuje się pani słaba?

– Tak.

– No właśnie. Tak podejrzewałam. Czy chorujesz na coś, na co nie chorowałaś wcześniej?

– Tak, od pewnego czasu.

– Czy budzisz się zmęczona rano?

– Tak, ale to przecież cywilizacja. Miliony ludzi na to cierpią.

– Nie ty. Czego pragniesz więcej, masz dowód! Włos jego!

To nie są żadne dowody, kompletna pomyłka, że tu przyszła, ale co zrobić, to z bezsilności. Ostatnio wydaje jej się, że mieszka na pustyni i jest wrakiem samochodu, który ugrzązł w piasku. Jakie jest antidotum? Jej serce to potwór. W środku ma straszną gębę, która kłapie zębami i zjada wszystko, co wleci. Popadła w samojedztwo. Ale nie bez przyczyny. To jest mężczyzna fatalny. Ze wszystkich zasad została jej jedna: nie krzywdź siebie samej. I nawet tego nie umie stosować.

– Pani nic nie wie, bo ta strona jego natury zwykle śpi i pani nie ma z nią kontaktu. On to ukrywa. A w nocy się budzi. Zagarnia tę część pani snów, o której pani sama nic nie wie. Tę, której pani nie pamięta. Tam wchodzi, tam się zainstalował. Śni się coś pani?

– Nie. Ostatnio tylko się budzę w nocy i mi duszno. Mam kołatania serca.

– A właśnie, widzi pani.

– Więc co robić?

– Zdradzę pani sekret. Istnieją pewne procedury, możemy to zastosować, żeby odwrócić fatum. Jaki jest efekt? Mężczyzna się zmienia. Najpierw w jego spojrzeniu pojawia się coś nowego. Jego oczy przestają błyszczeć. Zęby sinieją. A potem wyłania się nagle Sinobrody albo bezdomny pies. Pies podkula ogon i boi się patrzeć w oczy.

Czasami kąsa, ze strachu. Sinobrody się mści. A więc ostrożnie trzeba to stosować, żeby nie narobić kłopotu...

Irmina nie może słuchać. To bzdury! Na dodatek się ich boi, choć w nie kompletnie nie wierzy. Wychodzi, właściwie wybiega, ale przedtem płaci skrupulatnie. Oczywiście, chciałaby najbardziej być z nim, zaczyna jednak badać drogi odwrotu. Na razie nierealne.

Jest zrezygnowana.

Więc co zrobić, kocham go dalej. W poczuciu desperacji, aby nie zaszła ta straszliwa przemiana. Kocham go, nie ma wyjścia. Sinobrody, Mężczyzna Fatalny ze strasznym, kundlim ogonem. Nie mogę pozwolić, by to był on...

Wysyła mu SMS-a: „Musimy się zobaczyć. Nic się właściwie nie stało, ale się niepokoję. I czekam. I.".

Ale to, co się dzieje potem, jest najgorsze ze wszystkiego.

On nie odpowiada.

Nie odpowiada on.

Już trzy dni.

Egipt

Kazała mu wybierać. Straszne. Powiedziała to tak po prostu: musisz wybrać. Nie był gotowy na zmiany. Nie z tego powodu, że jej – jak to ona określa – „nie kocha". Co to właściwie znaczy? Ale one zawsze tak to rozumieją. Straszne! Więc znowu wyjazd, żeby jej trochę wynagrodzić. Bo to ją jednak boli. Ale jego także, i mogłaby to zrozumieć. A nie chce. I co to znaczy? Nie kocha go bezwzględnie. To znaczy, że nie ma racji. I mogłaby tego nie robić. Co jej się nagle stało? Zapisała się na kurs głębokiej asertywności, czy co?

Naprawdę straszne, stawiać go pod presją pytania: musisz teraz zdecydować, z którą spędzisz wakacje. I całe dalsze życie – ale to drobniejszym drukiem. Przypis. Ukryty warunek umowy, której się nie czyta, bo potwornie nudna. Ale tam jest taki mały haczyk...

Irmino, zlituj się. A ona: Nie!

Dobrze, niech ma, co chciała. Jego na urlopie. Jakby wakacje były takie ważne. Tak, zgoda, ukrywanie się wykańcza. A najbardziej wykańcza kobiety, które nie potrafią znieść pewnych rzeczy spokojnie i z godnością. Ale wybór – jeszcze straszniejszy. I niegodny tych okoliczności.

Od kilku dni w hotelu w Egipcie. No tak. Ładnie. Ale cholernie gorąco. To nie jest taki luksus, jak obiecywano. Zwłaszcza że wybrał tańszą opcję. Owszem, jest basen. Ale trzeba schodzić do niego w butach, bo płytki wokół są tak rozgrzane, że parzą stopy. Żeby dojść na plażę – trzeba przedostać się przez ruchliwą drogę. I nie ma co tam chodzić. Raz i starczy. Nocami turkocze klimatyzator. Huk jak w samolocie. Można go wyłączyć. Wtedy człowieka zalewa pot. Zamiast łóżka – basen. Więc człowiek jest niewyspany i wściekły. Tak ma wyglądać dalsze życie? Tak właśnie?

Ona niczemu niewinna, wiadomo. I lepiej to znosi, ten upiorny klimat. Ale wśród tych wielbłądów, piramid, wśród żaru lejącego się z nieba prawie przestał ją lubić. Ona jest przecież wyrachowana! Żmija jedna, jad ma słodki.

Na dodatek – po kilku dniach dopadła go biegunka. Bez specjalnego powodu, chodzi o zmianę klimatu, bakterii, wodę. On nie ma żołądka jak struś, pod tym względem jest bardzo delikatny. Leży i kwiczy. Na środku łóżka, wykończony, blady, co jakiś czas – pędem na kibel. Albo – rzyga. Taki wybór: leżeć w łóżku czy lepiej w łazience? Sam sobą się brzydzi, taki stał się obrzydliwy.

Ona się stara być dobra i czuła, ale on nie chce litości.

W łazience stoją jej kremy, buteleczki, kosmetyki. Puder, waciki do demakijażu. Patrzy na nie ze złością. Za dużo tego. I rzyga.

To czysty absurd – przecież widać.

Irmina to widzi, nawet z daleka. Dlatego wychodzi rano. Siedzi przy stoliku, pod parasolem. Patrzy w dal. Pije sok. Uśmiecha się do niej kelner. A ona zasłania twarz kapeluszem. Jeśli płacze – to do wewnątrz, suchymi łzami, ostrymi jak gruby piach.

Nie ma ochoty wejść na górę, do pokoju. W upale – zimna zgroza.

Rozstanie

– Czy ty, cholera, nie widzisz? Jesteś po prostu ślepa, głucha i przez to nic nie dociera. Dwa lata jesteśmy ze sobą, zakochanie minęło. Taka jest chemia mózgu, na to nie ma rady. Tak jest, moja droga

Irmina milczy.

– Ale bierz pod uwagę, że i tak jesteśmy razem. I to coś znaczy.

– Razem! – powtarza Irmina jak echo.

– Nie przeprowadzę się do ciebie, wybacz, na twoich dwudziestu ośmiu metrach kwadratowych nie widzę miejsca dla siebie. I kredytu nie wezmę dla twojej wygody. Bo go już mam! I na samochód, i na dom, i jeszcze na ten nasz straszny wyjazd wziąłem, co tak mi nie posłużył. Kto to spłaci? Ty jesteś po prostu Królewna Śnieżka, że takich rzeczy nie dostrzegasz. Nie mówiąc o alimentach, które by kosztowały. Wiesz, że moja żona – prawniczka? Nie muszę ci mówić, co to znaczy. I rozwód wcześniej, nawet nie chcę myśleć o kosztach.

On myśli: jestem brutalny, wiem, ale trzeba. Ona jest jak kleisty syrop. Żeby jeszcze tyłek miała dobry. Co jej daje prawo do tej przeklętej czułości? Lizanie się, słówka, taka psychologia. A przecież nie jest stuprocentową kretynką. Trzeba jej tylko pewne rzeczy uświadomić.

Irmina otwiera oczy szeroko. Wydaje z siebie dziwny dźwięk. Sam znak zapytania.

– O co ci chodzi? O papierek! Te wszystkie fomalności? Przecież sama czujesz, że to nie ma sensu.

– To po co my się w ogóle spotykamy?

– No, wybacz, moja droga, nie chciałem ci tego mówić, ale mnie zmuszasz. Sama chciałaś. I było ci, kurwa, przyjemnie, nie zaprzeczysz?

Irmina odwraca głowę. To gorsze niż policzek. To cięższe niż wszystkie poniżenia, które zniosła do tej pory. Ale zasłona opada.

Przed nią stoi facet w rozpiętej bluzie, lekko siwy, łysiejący. Zna jego plecy, zna jego brzuch. Spuchł lekko przez te ostatnie dwa lata. Widzi go teraz nareszcie. Nic pociągającego. Adam ma na imię. Mówi niby ugodowo:

– Ja wiem, czasami sam mam ochotę sobie dać w mordę. Ale nie ma jak.

Tyle czasu marzyła, że to jej przejdzie.

Przeszło. Ale to jest jeszcze gorzej. Widzieć, jak wymachuje rękami. Słuchać tego głosu. Jak wpada w wysokie tony, kiedy się zaperzy. Kogut!

– Zamknij się wreszcie! – mówi do niego przez zęby, sycząc. On jakby nie słyszy, tokuje:

– Sama jesteś sobie winna. Wiedziałaś, w jakiej jestem sytuacji.

Ty pluskwo wypukła, moją krwią opita! – myśli Irmina i otwiera drzwi.

Irmina

Napiszę do ciebie straszny list, którego nie odczytasz, bobyś się spalił. Literami podobnymi do robaków i skorpionów. Podpiszę się pod spodem

– Wąż.

On

Patrzy z nienawiścią nawet na ściany. „Ten pokój, w którym zostałem potworem. Nie było wyjścia".

W domu stał się nieprzyjemny.

– Od powrotu z tej konferencji w Egipcie zrobiłeś się niemożliwy! – rzuca Ewa, ale Adam patrzy na nią z taką złością, że chętnie cofnęłaby te słowa. Ewa bardzo uważa, by nie zaczynać zdań od: „Mógłbyś wreszcie..." albo „Obiecałeś przecież...".

Gryzie się w język i milczy. To on teraz atakuje. „Tyle

razy mówiłem, żeby...". Ten ton irytacji. To jest najgorsze. Brak dobrej woli. Reszta to głupstwa. Zwykłe idiotyzmy. Nie ma żadnych powodów. Nie chodzi o drzwi, które skrzypią, o zatkany zlew, odkurzacz nie w tym miejscu ani o nic konkretnego. Chodzi o to, że kiedyś znosili się zdecydowanie lepiej. Całkiem niedawno byli dla siebie milsi. Zdarzały im się porywy.

Ewa bierze kluczyki do samochodu i mówi, że musi coś załatwić. Tak się mówi: „Muszę". Naprawdę – chce sobie pomyśleć. Nie o całym swoim życiu, bo to beznadziejny temat. Najlepiej o czymś nierealnym. O tamtej miłości, która przeminęła, a trwa dalej. Iluzja, która karmi. I daje dużo siły, żeby znosić realne życie.

W metrze

W metrze – mężczyzna z tabliczką na szyi. Wielkie litery, wypisane mazakiem. „Nie chcę spotkać żadnej dziewczyny. Nigdy nie umawiałem się z nikim". Dopisek pod spodem długopisem: „Fałszywe zarzuty".

Mężczyzna patrzy przed siebie tępo. Siedzi. Rzeczywiście sam, z nikim nie rozmawia. Twarz okrągła, włosy chyba blond, krótkie. W średnim wieku.

Pewnie zwariował, ma manię prześladowczą i jest z nim źle, skoro nie rozumie, że nie umawiać się nigdy z nikim – to bardzo podejrzane. Najbardziej. Więc tak jakby przyznał się do winy. Nie wiadomo jakiej, ale strasznej.

Są rzeczy, które burzą nasz spokój, bo nasza wyobraźnia ich nie ogarnia. Na naszą miarę skrojona.

Więc to nie ciekawość? Nie, raczej niepokój. Są gdzieś

zakamarki, straszne korytarze. Przejścia podziemne ocie-
kające wilgocią, w pajęczynach. Spotykał się, to oczywiste.

Odwrotna strona dobrej energii, która tworzy, skleja,
buduje.

Tej historii nie było

Tak się tylko mówi, zawalił mi się świat. Gdyby się
walił tyle razy, ile się o tym mówi, nie pozostałby kamień
na kamieniu. Same gruzy.

Ale tak naprawdę nie dzieje się nic. I to jest najstraszniejsze.

Po prostu ja jestem chora. I wyję w środku.

Muszę wyrzygać to wszystko do dna. Jakiego dna, na
dnie to ja teraz jestem. Do pustki. Aż stanę się w środku
martwa. Na jakiś czas. Co to za trucizna? Półobłąkana jestem, a w środku nieżywa. Wyrzygać wszystkie wspomnienia. Te SMS-y od niego. Wenecję i Egipt. I wszystkie
moje dni, kiedy o nim myślałam.

Już nigdy. Już nigdy nie będę tak głupia, żeby się do
tego przyznawać. Jeśli ktoś zwróci na mnie uwagę, to go
kopnę. Tak, żeby zabolało. I upokorzę.

Mdłe przerażenie. Sobą. To jest najgorsza zbrodnia
świata – stracić rozum. Niczego takiego jak miłość nie ma.
To jest tylko choroba z urojenia. Niestety – samotna.

To było tylko złudzenie. Zasłona. We wzorki. Teraz nagle została rozdarta. I widać spoza niej świat realny. Zimny, obcy, obojętny. Więc czego właściwie znieść nie mogę?
Siebie i swojej chorej wyobraźni.

Tej historii nie było – myśli Irmina. – Ona się nie zdarzyła. Nigdy.

Emerytka

– Ładne oczy masz, komu je dasz? – emerytka pyta spotkanego na ulicy czterdziestolatka. A on wytrzeszcza gały. Co? Kobieta? Zaczepia? W tym wieku?

– O, przepraszam pana, ja sobie lubię robić dowcipy, zwłaszcza rano. Chciałam zobaczyć pana minę. Mam siedemdziesiąt osiem lat, chyba mi wolno. Bo w końcu kiedy?

– Naprawdę, ma pan oczy całkiem w porządku, zapewniam.

– I nogi też, jak widzę. Pan z dzieckiem. Więc pewnie żonaty. Tak? No to gratuluję! Jest czego?! Miło się dowiedzieć, no proszę!

– Ach, jeśli warto czymkolwiek zajmować się dziś, przy ładnej pogodzie, w niedzielę, to najbardziej nieważnymi rzeczami! Byle czym po prostu.

– Więc idę teraz do baru, może pan wpaść lub nie wpaść, ale ja zapraszam. Pan może wypić piwo, mnie wystarczy soczek. No, może jedna lampka czegoś mocniejszego, dla rozruszania, dla nastroju. Piwo nie, bo nie lubię.

– Ale broń Boże – mówić o czymś wielkim. Bogu, miłości, takich rzeczach, co nie wiadomo, czy istnieją i co znaczą. A ile z tego cierpień! To dobre dopiero po zmroku. Teraz za ładna pogoda.

Pani Maria

W piątek pani Maria pod wieczór spieszy do kościoła. Ksiądz Marek dziś z nią porozmawia. Jest wysoki, oczy ma płonące. I tylko ręce czerwone, wielkie jak bochny. Może przemrożone? Ale od tych rąk ciepło bije, jakby był uzdrowicielem. Czy chorą duszę można uzdrowić rękami? Ksiądz Marek prosi siadać i zadaje kilka pytań. Takich na rozgrzewkę. Potem ona opowiada historię o Mieczysławie, dość nieskładnie. Pani Maria trochę się wstydzi, a trochę obwinia. I peszą ją oczy, bystre, ciemne.

Ksiądz Marek słucha, potem milczy chwilę, schowawszy twarz w dłoniach. Ciężka to chwila, wytrzymać, co powie. Wreszcie wstaje, zaczyna chodzić po pokoju:

– Dobrze, córko, że sumienie twoje jest skrupulatne. Ale czasami błądzimy. Nie potrafię powiedzieć, gdzie był błąd twój i czego powinnaś żałować. Grzechu pożądliwości ciała nie widzę. Ale wszystkie grzechy, jak naucza św. Augustyn, mają początek w duszy. Podążając za dobrem i miłością ziemską, zapominamy o tym, co jest naszą miłością największą. O Bogu. W ziemskie sprawy miesza się zawsze jakaś siła, która nasze proste drogi plącze! Wiemy jaka. Nie według ziemskiego porządku jednak żyć powinniśmy, ale według Boga. On naszą miłością największą i żadnej nie ma przed nim. Nie zapomniałaś o tym?

Pani Maria płacze. A ksiądz składa na jej głowie swoje ciepłe ręce, a potem czyni w powietrzu znaki. I łzy się zatrzymują, a ją jakby prąd przenika.

– Współczesny człowiek grzeszy pychą, zapomniawszy o tym, co spotkało naszych prarodziców. Urządza świat jako karykaturę raju. To królestwo iluzji, w którym nie ma Prawdy.

Pani Maria widzi prawdę w jego oczach, gdy mówi:

– Masz wielką misję do spełnienia. Codziennie od nowa takie jak ty kobiety modlą się o łaskę i opamiętanie świata. Spoczywa na nas apostolskie powołanie.

Pani Maria wie już, obiecuje. Nie ogląda, nie słucha grzesznych programów, co nie mówią o Prawdzie.

Chodzi na wszystkie msze księdza Marka. Kiedy widzi, jak jego ręce wznoszą w górę białe Ciało, przenika ją ciepło tak głębokie, że musi zamknąć oczy.

Codziennie sprawdza pod figurą, czy świeże są kwiaty. I myśli słodkie imię. Bóg, miłość niemożliwa, to wewnętrzna cisza. Nie ma miłości piękniejszej, głębszej. Spływa na nią łaska, uwalnia od wszystkich wspomnień z całego życia. I staje się coraz bardziej jak czysta tablica, na której rysuje się białe uwielbienie.

Już nie pije. Została uleczona.

Don Juan

Co też one w nim widzą? Ciekawe. No cóż, ognisty brunet, tylko trochę zużyty. Król Życia. Kiedyś medale, sportowa sława, a teraz całkiem niezłe pieniądze. Ma szybki samochód. I jeszcze jakąś umiejętność. On kiedyś tłumaczył, że kobietę należy opętać. Są na to sposoby, żadna tajemnica. Jakie? Być dla niej miłym, naprawdę posłuchać, co ma do powiedzenia, a to może być ciekawe. I jest często! Potem w odpowiedniej chwili się przysunąć. Nie zabrać ręki położonej na jej dłoni, niby przypadkiem.

Przecież o tym pisał nawet Owidiusz w *Sztuce kochania*. Od czasów starożytnych pewne rzeczy są znane...

Ale nie – jego stały numer: Pomacaj moje uda! Nie bój się, tylko spróbuj! A to uda sportowca, napakowane, strasznie twarde. Czuć każdy mięsień rozrośnięty. I tak dziewczyna ulega, bo nie ma odwrotu. Już go dotykała, bariera przełamana, poczuła i to na nią działa. To powinien opatentować. No, ale do tego trzeba mieć takie nogi! Nie dla każdego sposób, bo na to trzeba ciężko zapracować.

Poza tym jest w kobietach pewien rodzaj strachu. A z takim – mniej się boją. Bo to nie jest całkiem poważne, można się wycofać.

– Chyba że się któraś bardzo zakocha, wtedy jest problem – mówi ten kolega, który wie najwięcej. Najbliższy. – To mu się też zdarzało. Było kilka takich historii. Ma też jakieś sposoby na porzucanie. No i zdecydowanie nie wyszło mu małżeństwo.

Hm... komu wyszło? Tak do końca szczęśliwie? Żaden się nie zgłasza. Z małżeństwami jest inaczej, zostawmy ten temat.

Ale co on? Dlaczego potrzebne mu ciągle nowe kobiety? Ktoś to może wyjaśnić? Czy w żadnej nie znalazł tego, czego szukał?

Znalazł, oczywiście, że znalazł, bez najmniejszych wątpliwości. I to wielokrotnie.

Jedna: duże usta. I mocno umięśnione nogi. Ale jaka wrażliwość! Nikt by nie podejrzewał, a on to odkrył.

W innej – cudowny humor. Ta była mu naprawdę bliska. Lubili sobie opowiadać historyjki. Co jedno skończyło, zaczynało drugie. I wszystkie dobre. Można się było z nimi pokładać ze śmiechu. Ale mówił, że tak szło im dobrze tylko w towarzystwie. Razem się trochę nudzili, byli zbyt podobni. No, więc znowu trafiła się jakaś inna...

Lubił cudzoziemki, a przecież ciągle podróżował. Całe

życie. Zawsze go korciło, żeby sprawdzić. W każdym kraju. Na przykład: jakie są Angielki? Zimne? Oj, nie zimne. Dotknął, o mało go nie oparzyła. I zawsze problem: nasza ona czy nie nasza? No, a jak wychodziło, że swojska, dobra dziewczyna, to – następna. Taki nawyk. Murzynki. Podobno niektóre cudowne. Takie prawdziwe kobiety.

Była też taka: wygląd Marilyn Monroe, ale umiała świetnie gotować. Do tego wszystkiego była jeszcze lekarką z doktoratem. Operowała go, gdy miał zerwane ścięgno. Tak się to zaczęło. A skończyło – jak wszystkie te historie. W końcu zwątpiła.

Kiedyś mówił, że nawet własną twarz spotkał. Swoje żeńskie odbicie. I tak pomyślał o niej, opowiadał: właśnie tak bym wyglądał, gdybym urodził się dziewczyną. Była piękna. Pochodziła ze Wschodu. Przedstawił ją, byli trochę razem, chyba z nią mieszkał, ale mówił, że czuła się nieszczęśliwa i koniecznie chciała wyjechać do Ameryki. „One wszystkie nieszczęśliwe, szybko muszą żyć, bo ich uroda trwa krótko" – tłumaczył.

Była też taka blondynka, bardzo jasna. Co w niej widział? O, wszystko, co trzeba. I jeszcze taka, co miała lekkiego zeza. To było fascynujące, absolutnie, trudno było przestać na nią patrzeć. Naprawdę! I taka z pieprzykiem na policzku. Ale on nie ma pieprzyka? No, pewnie myśli, gdybym miał, to właśnie taki jak ona.

A, i jest jeszcze taka jedna w miarę stała, od kilku już lat. Mówi na nią: Czysty Żywioł. Ta ma męża, podobno kiedyś chciała nawet rozwieść się dla niego, ale z nim jest – jak jest, wiadomo. Chyba jej wyperswadował, że starczy mu na dochodząco. Ale jakoś się trzymają, bo wspomina o niej często.

Chwalił się, że same dzwonią do niego.

– Widziałem go w akcji. Jak się przyssał, to nie odpuścił. I tak zawsze. Wszystkie wyjazdy, urlopy, stypendia – nowe dziewczyny. Jemu wystarczyła podróż pociągiem. Ba, w pociągu są świetne warunki, on jedną to nawet poderwał w metrze. A to trudno, trzeba sztuki! Bo metro, jak jedzie, strasznie huczy, nic nie słychać. I jak tu prowadzić inteligentną rozmowę? I nie wiadomo, na której ona wysiądzie stacji. Łatwiej w autobusie.

Tak, w każdej czegoś szukał.

W każdej widzi kawałek siebie. Natura jego szeroka jest, bujna! Wiadomo, król życia.

I problem w tym, że nie można nasycić się własnym odbiciem.

Pociąg

Międzynarodowy ekspres, niemal tak szybki jak samolot. Wiele miejsc jest już zajętych, gdy ona wchodzi. Sprawdza na bilecie. A! To tutaj!

Wypadło jej miejsce naprzeciwko siwego mężczyzny z dużą ilością walizek. Jest szarmancki. Pomaga jej włożyć torbę na półkę i przesuwa swoje bagaże.

Uprzejmy i elegancki. Kiedyś musiał być brunetem, bo oczy ma ciemne. Bardzo wyraziste. Odrobina nonszalancji, ładna marynarka. Uśmiecha się do niej, chwilę wygląda przez okno. Kiedy pociąg rusza, wyciąga z kieszeni telefon komórkowy. Najpierw wysyła mnóstwo SMS-ów. Potem zaczynają się rozmowy.

Kończy jedną, zaczyna następną. To są rozmowy z kobietami, nie ma wątpliwości. Najpierw czuje się, że on musi przezwyciężyć lekki opór z drugiej strony. Pewnie długo go nie było, teraz wraca. Potem pada słowo klucz, wypowiedziane właściwym głosem. Aksamitnym:

– Ale ja tęsknię bardzo!

To jest punkt zwrotny rozmowy. Kobieta jest gdzieś daleko, ale czuje się, jak mięknie. Następuje uzgodnienie terminu spotkania. Przy pierwszym „Tęsknię" – ton sentymentalny i czuły. Przy drugiej rozmowie – to prawdziwy dramat. Przy trzeciej czuje się lekkie buffo, świadome przerysowanie i dużo śmiechu. Ale efekt identyczny.

Kobieta naprzeciwko najpierw wyciąga książkę. Ale trudno jej się skupić. Czuje, że jest zmęczona. Za trzecim razem czuje, jak w jej głowie szumi: -sknię, -sknię.

Głowa sama się pochyla. Całe szczęście miejsce obok jest wolne. Zwija się w kłębek i zasypia dość głęboko. Ale nie na tyle, by nie słyszeć: tę -tę -tę! Szum pociągu, rytmiczny. Czasami otwiera jedno oko, sprawdza: Don Juan siedzi, rozmawia, walizki stoją, obok jej torba. Zdjął marynarkę, odwiesił, rzeczywiście, jest gorąco. Wciąż ma telefon przy uchu. Raz szepce, raz zaklina i deklaruje, raz żartuje.

To ją usypia. Z pełnego huku snu wyrywa ją nagle dotknięcie ramienia. Otwiera oczy: Jego ręka.

– Przepraszam panią, pani tak spała słodko, ale dojeżdżamy. Nie chciałbym, aby pani zaspała, a przecież to koniec trasy.

– Tak, słusznie, dziękuję.

– Nie przeszkadzałem pani? Przepraszam! Miałem tyle telefonów!

Ona spogląda na niego. Ten rozbrajający uśmiech... Dla niej!

– Ach, powiem panu, że to mnie serdecznie znużyło.

On teraz będzie myślał. Ten cios – dobrze był zadany. Widzi jego minę.

Jeszcze ją pyta:

– Nie spotkaliśmy się kiedyś? Wydaje mi się, że pani twarz znajoma... Naprawdę wydaje mi się, że panią gdzieś widziałem. Jak pani na imię?

Takie numery! Nie z nią.

– Na imię? Nie powiem.

Pociąg już stanął i trzeba wysiadać. Ona ma tylko torbę – bierze, odwraca się szybko, już jej nie ma.

Pani Wiesia jedzie

Pani Wiesia ma dość. Cały dzień wieszała palta w pracy. I jeszcze wydawała klucze.

Kobieta to jest zwykłe bydlę pociągowe, przeznaczone do najcięższej roboty – mówi do siebie. I klnie pod nosem.

Wraca brudnym pociągiem, dzisiaj się tak ułożyło, że tłok. Wszystko, co dziś się zdarzy, jest do przewidzenia.

Mężczyzna zamyka oczy, widzi swoją kobietę, jak wędruje z siatką i torbą. Wchodzi do domu, rzuca je gniewnie w kąt. Teraz lepiej nie podchodzić, jest zmęczona i zła.

Co się zmieniło? Mieliśmy być szczęśliwi. Ale on nie ma pracy i kto go zechce w tym wieku, na dodatek chorego. Jak nawet ona go nie chce, własna rodzona żona. Nic dziwnego. Za dużo ma pracy. Ale mogłaby być milsza.

On ma twarz szarą, a ona zmiętą. On ma pustkę w oczach, a ona zawziętość i złość. Stuk-stuk jedzie pociąg, stuka jak ich pralka, kupiona na ten przeklęty kredyt.

Szkoda, że zawieszarki do prania nie wymyślili, bo bolą mnie plecy pod wieczór – myśli pani Wiesia.

To pech! Dzisiaj jest zmęczona i zła, niech jej wszyscy zejdą z drogi.

Ale czasami jak nie jest, wpierw dzwoni do pana Stanisława. Wysiada z pociągu stację wcześniej. Znika w jednym z domków. Dobrze, że to niedaleko. Pan Stanisław czeka. Zawsze wita ją pięknie:

– O, jak dobrze, że pani przyszła! Jak miło.

Prosi, by usiadła. Podaje herbatę. Ona rozgląda się wokół. Sam mieszka, mężczyzna i ma posprzątane. Garnki, naczynia pomyte. A też czyściutki, wygolony i koszulę ma prasowaną. Gotuje sobie zupę i nie narzeka. Pytała go, czy nie pomóc, w końcu lat ma prawie dziewięćdziesiąt, ale stanowczo odmówił. I chodzi taki schludny – to najdziwniejsze. Żadnych dresów.

Herbatę mężczyzna podaje! – myśli pani Wiesia i wpada w jakieś osłupienie. Ciasteczka jeszcze do tego, elegancko, na talerzyku. I tak sobie piją, ona na niego patrzy, a on się uśmiecha. Rozmawiają o wielu rzeczach, o wszystkim, że podrożało, jaka pogoda i co się przytrafiło u niej w pracy. Nawet o Sebastianie mu opowiada, a on słucha. No, nie wszystko o Sebastianie, ale główne rzeczy. Przychodzi. Siada w szatni, ale mu się tak ręka zaciska.

– To bardzo biedny chłopiec, pani Wiesiu! I on walczy z tą ręką? Bo ja się domyślam, że ręka chciałaby się zemścić za coś. On jej nie pozwala, ale to się odzywa.

– Zemścić? Na kim?

– Nieważne na kim. Ale widzi pani, bywają takie historie. Człowiek czasem nic nie zrobił, a sam ze sobą musi walczyć.

– A doktorzy nie wiedzą, jak z nim postępować? – i sama wie, że nie. Już ona wie swoje!

– To nie jest takie proste – mówi pan Stanisław smutno. – Bo siła złego mocniejsza jest niż siła łagodności.

I tak łagodnie to mówi, że pani Wiesia widzi, że właściwie to jest odwrotnie. I bliski jest moment, na który czeka najbardziej, za każdą wizytą. Kiedy on mówi tylko:

– Pani Wiesiu!

I tak jakoś miękko to mówi, że ona się nawet dziwi, bo nie myślała, że ma takie ładne imię. Więc mu odpowiada:

– Panie Stasiu!

I milczą chwilę, a to jest właśnie najpiękniejsze. Ale potem ona sobie przypomina o całym swoim życiu. I szybko mówi tak:

– Chyba wpadnę w przyszłym tygodniu, ale teraz lecę, bo mi jeszcze pociąg ucieknie. Zadzwonię!

A on odprowadza ją do drzwi i się kłania, i mówi:

– Będę czekał!

I tak patrzy na nią i czeka. Dość smutno.

Ona też będzie czekała. Bardzo.

Pani Wiesia jest wierząca, więc się nawet zastanawiała, czy ma się z czego spowiadać? No, niby nie ma. Z picia herbaty? Ale swoje wie, to nie jest tak prosto. A potem sobie przypomniała sąsiadkę. Też biega na herbatę. Ale do księdza. I jaka wraca! Te oczy nie można się pomylić. Nawet jak nic się nie dzieje, to i tak coś znaczy.

Tylko mąż szczęśliwie nic nie zauważył. Że czasem wraca do domu lżejsza. Robi mu jedzenie i zadowolona, wcale nie narzeka, że znowu nie wyniósł śmieci, że ziemniaków nie przyniósł i nie zadbał o nic.

A jak pani Wiesia zmywa naczynia, to może nie tak,

żeby aż śpiewała, ale trochę nogą obróci, trochę przytup-
nie, jakby tańczyła. Coś innego w niej jest, na pewno.

Niestety, nie dzisiaj. Dzisiaj odwołała spotkanie. Jest
zła. Wpadnie do domu, siatkę w kąt rzuci i niech jej nie
wchodzi w oczy, jej chłop.

Dzisiaj nie przyszedł Sebastian.

Skrzydło ptaka

To tylko dotknięcie skrzydłem przelotnego ptaka, który pozostawia ślad czułości. Od wewnątrz. To tylko tkli-
wość, która wzbiera. Ten ptak jest kapryśny i czasami na
długo znika. Zmienia trasę przelotu, woli bardziej żyzne
krainy lub brzegi spokojnych rzek. I kiedy patrzę w puste
niebo i myślę, że nie wróci, on pewnego dnia pojawia
się niewidoczny, nie zostawiając nawet cienia, tylko ten
skurcz, muśnięcie skrzydła w przelocie, znowu.

Koniec historii

Sebastian nie przyszedł dzisiaj.

No i taki jest koniec tej całej historii, co to nie było jej
wcale – myśli pani Wiesia. W domu siatkę rzuci i od razu
chwyci za ścierkę. No i jak dobrze zmyje podłogę, od razu będzie lepiej. Tylko staremu się dostanie, niech nie pod-
chodzi pod oczy najlepiej. I niech nie narzeka, że głodny.
Zmywanie podłogi jest dobre na wszystko. Najbardziej
na ukrytą wściekłość. Że tak ma być i koniec. Nieczysty

interes ma zniknąć. Bo tak jak u niej sobie siedział, to myślała: jaki ładny. I włoski ma złote, kręcone. Chciałoby się pogłaskać.

No to zajęła się nim pielęgniarka, ta, co ją mąż zdradza.

Pani Wiesia przypomina sobie Stanisława:

– Pani Wiesiu! Gdybyśmy tak mogli rzeczywiście czynić dobro! Ale my możemy znacznie mniej. Po prostu zrobić coś dobrego. Ale samo dobro? Chyba że Pan Bóg, nie wykluczam. Choć oczywiście uważam panią za dobrą wróżkę.

Tak wtedy powiedział, a ona się zaczerwieniła. Niezasłużone to było. I w tym wieku...

– Niedobrze być człowiekowi samemu – mawia pan Stanisław.

Pani Wiesia zawsze potakuje, ale i głową kręci jednocześnie. Razem też niedobrze! Wie coś o tym. Dobre są mądrości pana Stanisława, ale nie na dziś. Na jutro, owszem, się zobaczy.

Pani Wiesia poszła na górę na oddział. Tak się nie robi, ale trudno. Zostawiła szatnię. Łóżko było wolne. Sebastian obok w pokoju pielęgniarek. A nad nim ta taka jedna. I tak przebiera nogami. I fik! Obcasikiem. O laleczko! – pomyślała Wiesia od razu. Może sama jeszcze nie wiesz, ale ja już widzę, że coś się tu kroi. On ci wpadł w oko. A jego ręka się nie zaciska, tylko na kolanie leży.

To trwało może sekundę. Pani Wiesia się wycofała. Kapcie ma na gumie, nie zrobiła rumoru. Nie obejrzeli się za nią.

Masz świętą rację w tym interesie, laleczko, a ja jestem stara, umęczona baba. Powinnam cieszyć się za Sebastiana.

Ale to w samo serce bodzie!

Drzwi

To się objawia niewinnie z początku. Nieprzyjściem na spotkanie. Przyjaciele czekają, a na stole wódka. Umawiał się przecież, potwierdzał jeszcze rano. Dzwonić? Dzwonią. Nie odbiera? Trudno. Na pewno poderwał jakiś nowy okaz żeńskiego rodu. Niezmordowany! To się robi nawet nudne... Nudne? Jak dla kogo? Na pewno nie dla niego!

Dobrze powiedziane! To wypijmy.

Don Juan po sześćdziesiątce. Co prawda sportowiec, ale to było dawno. Siwy, przytył niezbyt ładnie, ale najważniejsze, że jemu chyba się nigdy nie sprzykrzy. I to coraz młodsze! Nie znacie go? Jasne! Znamy! Też by tak chcieli, ale nie na tyle, żeby ryzykować swoje stałe kobiety dla jakichś innych, ciągle nowych. On to potrafi! Zawsze taki! Pijmy jego zdrowie. Oby mu dopisała kondycja. Dzisiaj. W końcu już tyle lat był królem, że ciężko mu abdykować.

Nazajutrz nie zjawia się w pracy, choć miał podpisać kilka ważnych dokumentów. Wtedy przypominają sobie kobietę, o której mówił: Czysty Żywioł. Kim jest Czysty Żywioł? Ktoś ją zna? Nie, ale podobno ma na imię Róża. Nie, nie tak, na pewno Roxana. Co wy? Ona po prostu nazywa się Renata! Ktoś ją widział? Raz, ale tylko w przelocie. I jak? Dość młoda, szczupła, mały biust, niezła. Jak te jego wszystkie. Ta jest ciemnowłosa? Chyba tak, ale czasami na rudo. Na pewno ma doktorat. I to z filozofii! Z filozofii? No może z lingwistyki. Ach, nie do wiary, że wybrała właśnie jego... Z kilku śladowych informacji daje się wreszcie ustalić, kto to. Ta na R. A nawet zdobyć jej numer.

– Co? Dla mnie on mógłby nie istnieć! – odpowiada Renata żywiołowo. Na pewno potrząsa rudymi włosami. Gwałtowna jak płomień. I zapada cisza. Przykra. Potem ona zaczyna tłumaczyć podniesionym głosem:

– Jak to? Nie wiedzą? Nie mówił? Rozstali się przecież, w gniewie. Kilka miesięcy temu. Może trochę więcej. Właściwie – niedługo minie rok. Tak, już rok! To długo! Od tego czasu nie rozmawiali. W ogóle.

Nie, tego nie mówił. Rzeczywiście, głupio wyszło. Ale powinna zrozumieć, przyjąć przeprosiny.

– Co? Klucze do jego mieszkania? Nie, nigdy ich nie miała. I nawet nie chciałaby mieć. Nigdy! Coś takiego mówił?

– No, niby nie, ale tak jakby wynikało. Przepraszam. Źle zrozumiałem, na pewno.

Trudno, nie ma na co czekać. Jadą.

– Dziwne – mówi ktoś w taksówce – opowiadał mi o niej jeszcze całkiem niedawno. Nawet się radził, że, rozumiecie, ona ma duże oczekiwania... a on nie zawsze chce... Czasami wolałby spokój...

– Tak, że on czasem chciałby się spokojnie spakować przed wyjazdem, przemyśleć coś w samotności. A ona nie odpuszcza. Czysty żywioł! Z żywiołem nie ma żartów.

Tak, no i wszyscy byli przekonani. I proszę, rzecz się miała całkiem inaczej. Nieważne. Drobna korekta. To naprawdę nie nasza sprawa, mówią sobie

Dzwonki nie pomagają, drzwi są zamknięte, pancerne. Chyba niedawno je wzmocnił. Ostatnio bał się, były jakieś niewyraźne sygnały. Nie wiadomo czego, w tych sprawach nigdy nic nie wiadomo. Sprowadzony specjalista ma trochę kłopotów, by otworzyć zamek.

Tak, to to, o czym nie mówili do tej pory. Otwarte usta.

Sina poświata telewizora, który ogląda się sam. Nie wiadomo od kiedy. Otwarta dłoń, z której wypadł pilot.

Ratować? Nie ma już kogo.

– On miał kompletnie zużyte serce! – ktoś mówi, patrząc przez okno, z którego daleki widok na nowe bloki.

Pozostaje tylko wyłączyć głos i obraz. Dzwonić do Czystego Żywiołu?

Nie, nic tu po niej. Bezruch. Czysty. A ona – brudna dziwka! Przez nią, rozumiecie? Żeby się w porę ugryzła w język! Może byśmy zdążyli. Pewnych rzeczy się nie mówi. Nigdy.

Wzruszenie ramion.

Jeszcze trzeba kilka rzeczy załatwić. Policja, lekarz, wchodzą nieznajomi ludzie, którym trzeba to wytłumaczyć, opowiedzieć. Ale co tu do opowiadania? A jednak pomaga, że nagle tyle ruchu. Wchodzą, wychodzą, pytają, spisują. Potem nadchodzi znowu dziwne milczenie. To nieuniknione.

Ktoś dzwoni jednak do R., bo zawsze lepiej coś zrobić niż nic. Jeszcze trochę słów.

Ona odzywa się lekko obrażona, słucha. Chwila milczenia. Potem wpada w lament. Ton zawodzenia, psiego wycia. Żywiołowy płacz. Tego się nie da słuchać.

Na szczęście – w telefonie jest przycisk.

Mała zemsta, a cieszy.

Ta na R.

Szacunek dla zmarłego wymaga, żeby się napić. Tym bardziej, że był mróz i wszyscy zmarzli. A więc jest takie miejsce, całkiem blisko. Ktoś je zna, był i poleca. Miła knajpa.

– Jeszcze miesiąc temu, na wyjeździe, wyciągnął mnie na zakupy. Ja szukałem czegoś dla dzieci na prezent. A on nie, koniecznie, tu w damskim dziale, sweterek dla tej, co wiecie, na R. Renata. Była na pogrzebie?

– Była. Stała z boku, płakała, widziałem.

– Jędza!

– Jeśli to ona, a nie jakaś inna. Sweterek! Różowy wybrał, rozpinany z przodu i mówi: lubię, jak się łatwo rozpina. Ma dobre guziki, nie takie drobne, za małe do męskich palców.

– Ciekawe, co z nim zrobił, skoro z sobą już nie byli.

– A, podarował pewnie pierwszej lepszej kelnerce.

– Oj, nie mów, było z nim gorzej, niż myśleliśmy. Rozmawiałem z nim, wtedy, na wyjeździe. Powiedział, że dokonał obliczeń, ile kobiet miał w życiu.

– No ile?

– Nie wiem dokładnie, robił jakieś statystyki.

– Na pewno przesadził!

– Nie wiadomo, czy w ogóle mógł się doliczyć. Pamiętacie, jak byliśmy na żaglach? Obok w okolicy ćwiczyły siatkarki. Wszystkie siatkarki mają zgrabne nogi. Co? Nie wiecie? Wyrobione od skakania do piłki. I on tam spędzał całe noce. Przychodził nad ranem, padał jak zabity w kajucie. Budził się koło południa, a po obiedzie – znowu! Byłem zły, zepsuł mi całą przyjemność. Z żeglowania – nici. Co wypłyniemy – musimy wracać. Wiadomo, siatkarki.

– Ale najważniejsze się go nie trzymały.

– Ja myślę, że było z nim już niedobrze, jeśli liczył. On się już wtedy żegnał z życiem, a myśmy nic nie wiedzieli. I jeszcze ta na R. ... To musiał być ciężki problem.

– Chciał, żebyśmy sądzili, że z nią jest.

– Cóż, wypijmy, za nasze stałe kobiety!

Tymczasem ta na R. samotnie wraca z pogrzebu.

To był zły pomysł, żeby malować sobie oczy. Dzisiaj. Przecież nie planuje się łez. Myślała, że to się już wyczerpało. Ale ci wszyscy jego koledzy, była żona, z którą rozstał się już dawno, taka postarzała. I tyle kobiet, jeśli nie wszystkie jego, to na pewno większość. Chciała dobrze wyglądać, dla niego. Nawet jeśli nikt się nie domyśli, że była jego Czystym Żywiołem. Tylko którym? To dość oczywiste: ogniem! Powietrzem.

A on już nie oddycha i jest zimny. To wszystko było kompletnie niepojęte. Ta trumna, napis, kwiaty, ceremonie religijne. Groteska! Czy Król Życia może umrzeć? Absurd!

Chciała krzyczeć:

– Czyś ty zgłupiał! To jakiś nowy numer? Do reszty ci odbiło, taki teatr! Kabaret na poważnie, nie w twoim stylu. Nie teraz, nie w tym momencie. Nie chcę! Wstań choć na chwilę, proszę! Byłam na ciebie rozgniewana, tyle czasu, myślałam, że w końcu sobie przebaczymy i znowu będzie dobrze. Nigdy już, obiecuję, nie będę chciała, żebyś się dla mnie stał inny. Te wszystkie twoje kobiety, nieważne, tylko nałóg, my wiemy, co naprawdę było między nami. Żywioły muszą się spotkać, dam ci znowu wszystko, a ty weźmiesz tylko tyle, ile będziesz chciał. Teraz nie będę cię chciała na własność, obiecuję. Będę dla ciebie wszystkim, co chcesz tylko. Słońcem. Księżycem. Naleśnikiem z dżemem.

Zlituj się, mój miły! Jeszcze ty mi robisz taki numer!

Marzyłam, że kiedyś w końcu będziesz stary. Mógłbyś

być nawet niedołężny. Miałam nadzieję, że będę się tobą opiekować.

Nie chcę od ciebie nic więcej, ale żyj!

Ewa pisze jeszcze jeden list

Mój Drogi,
przepraszam, że płaczę. Ale mi wolno, bo tego nie słyszysz. Mógłbyś sobie wyobrazić, nie łzy, lecz muzykę. Ta melodia jest rzewna, ma zaledwie kilka nut, napisana na flet i mały dzwoneczek. To są łzy, które myją z kurzu. Co się odsłoni? Spłynie niepokój, spłynie ból rozłąki, zostanie jej piękno.

Tak, płaczę. Czy można coś lepszego wymarzyć? Bo teraz mija niedobry czas, zamyka się brama i co złe nie wróci.

Już zawsze będziemy razem. Wiem, że to brzmi strasznie patetycznie i jest niemożliwe. Ale my będziemy razem gdzieś równolegle, w innych przestrzeniach, w różnych stronach świata.

I nie wypowiem już żadnego ze słów, które się wytarły, bo to niepotrzebne. Teraz tylko musisz usłyszeć melodię na flet i dzwoneczek.

To tylko wstęp, dobre tło dla całej reszty naszego świata.

Nie żegnam się, wciąż jestem.

I myślę, że to najpiękniejsza forma naszych uczuć. Moja pamięć.

Twoja
Ewa

Brak

Najczęściej nie ma już rozstań, są nieporozumienia. Z delikatności postanowili się nie skrzywdzić. Nie powiedzieć za dużo, nie oczekiwać niczego. Żadnych wyznań, to niemodne, nie z tej epoki. Rozmawiali głównie o filmach, które razem obejrzeli. Żadnych planów na przyszłość, nawet w sprawie następnego spotkania. Dlatego następne spotkanie nie doszło do skutku. Kto ma teraz zrobić pierwszy krok?

On myśli: milczy, więc tak wybrała. Jej życie beze mnie będzie prostsze. Trzeba to uszanować. Pragnienie porządku, spokój. Nie przeszkadzać. Nie wkraczać w prywatność.

Ona myśli: nie mogę do niego zadzwonić, skoro on milczy. Cóż z tego, że go nie zapomniała. Jego życie ma swoją logikę i nie należy jej burzyć. Może to, co się stało, nie było mu potrzebne.

Miało minąć. Miało się rozproszyć i miało być dobrze.

On nie za wiele o tym myśli. Właściwie to jakaś porażka, więc nie warto do tego wracać. Dlaczego tak się stało? Nie do wyjaśnienia. Może te filmy były kiepskie. To prawda, znudził go dramat psychologiczny. Bezsensowne grzebanie. Trzeba być konstruktywnym i iść dalej. Może szkoda, ale co zrobić?

Ona coraz gorzej sobie daje z tym radę. Bo nawet jeśli on zapomniał, to czy jest to powód, by oczyścić swoje myśli z tej historii? Nie trzeba nic oczyszczać, ona jest czysta. Tylko nie kończy się niczym. Tak się rozlazło.

Więc trzeba z tym żyć dalej. Żyje się źle.

Czy stacja pod nazwą „kobieta porzucona" istnieje gdzieś jeszcze? Nie była taka zła, warto by ją zwiedzić.

Może to archaiczne, ale kiedyś było skuteczne. Wypłakać się i ruszyć dalej.

Ale rozstania nie było. Ten brak to kłąb nierozwikłanego drutu. Ciężko żyje się z drutem w środku. Tęsknota i żal to była taka świetlista para! Ten brak nie świeci, nie uszlachetnia. On ciąży.

Najgorzej, że wciąż widują się w pracy. Zdawkowe rozmowy, fałszywie uprzejme. Jak on może być tak okrutny? – myśli ona, skłaniając głowę na zwykłe „dzień dobry". Dlaczego ona odchodzi tak szybko, nie oglądając się? Coś jej zrobiłem? Przecież zrobiłem jej miejsce.

Mówi się: nie czekaj na mnie, myśląc – nie chcę, abyś cierpiała. Oczywiście, po tylu miesiącach ona właściwie już nie czeka. Właściwie już go nawet nie kocha.

Po prostu żyje wokół tego braku.

A on miał na imię zupełnie inaczej niż Brak.

Moda

Nosimy wszyscy na sobie skórę współczesności. Jaki rodzaj skóry w tym sezonie jest modny? W tym sezonie modna jest skóra lakierowana, twarda, z lekkim nadrukiem typowym dla krokodyla lub węża. Nie nadaje się do gładzenia, ale świetnie odbija światło i dobrze chroni delikatne wnętrze. Nie należy go odsłaniać. Żadnych głębokości, skóra ma być spoista, bez zakładek, bardzo gruba. Elastyczność mniej się teraz liczy. Była ważna w innym sezonie.

Może coś się kotłuje w środku, ale niewyraźnie i należy to zwalczyć. Lakierowana skóra jest świetna, by nic nie przedostało się na zewnątrz. Jakieś wąty.

Idzie ulicą pan Królewna Śnieżka, przebrany za Krokodyla. Spotyka panią Śpiącą Królewnę przebraną za węża. Poznaje, że to ktoś wart poznania. Po czym? A po skórze lakierowanej, po silnym odblasku. Oboje mrużą oczy. To dobrze. Wystarczy. Są cool.

Pani Królewna jest trochę rozbita, ale skóra ją dobrze kryje. Poznała kogoś na czacie. Dobrze im się gadało. Poprosiła go o zdjęcie. Przysłał jej swoje zdjęcie bez głowy, za to z członkiem na baczność. Wykasowała kontakt. Wymiksuj się, idioto! Teraz liczy się nie sex, lecz gender, więc to był pospolity kretyn. Poczuła się znieważona przez faceta o nicku „Roberto". Zastanawia się nawet, czy istnieje wizualny gwałt.

Od dzisiaj zaczyna nowe życie, żadnych miłości, poproszę, niech się nie snują te historie. Ona teraz ma skórę. Extra! Odreaguje i wyluzuje. Będę całkiem innym człowiekiem, lakierowanym nawet od środka.

Niestety, z panem Królewną Śnieżką trudno nawiązać rozmowę. O czym?

– Masz piękną skórę! – zagaja.

– Ty także.

Ale na tym kończą. Wąż z Krokodylem? Nie idzie. Poza tym są z innych bajek. I jest pomiędzy nimi za mała różnica. Oba unisexy, brak napięcia.

Cholerny Roberto niech się schowa.

Tamten był straszny, nie do wytrzymania, a ostatnio nawet żałosny, gdy wydzwaniał z tą swoją gadką, która zawsze zajeżdżała jakimś kitem. Lekko albo i ciężko z nim było. Zależy kiedy. Zależy od humoru. Ale powiedzmy to jasno: odkąd Don Juan nie żyje – jest smutno i jałowo.

Dzwonił, zagajał i wiedział jak.

Jeszcze list Davida

Irmina czyta list Davida, który trafił do jej skrzynki mailowej. Nie wiadomo w jaki sposób. Już po pierwszej stronie orientuje się, że nie jest już kandydatką na anielicę. Choć kiedyś nią była. Bardzo długo. Za długo. Ciekawe, że te anioły jednak mają płeć – myśli. Czyta jednak list do końca, bo jest dość ciekawy.

Tak, coś się stało z jej życiem, że nie wierzy już w anielstwo i chyba nie byłaby do niego zdolna. Uczuciowa dewastacja wyższych rejonów idealizmu. Tyle ją kosztował ten romans. A jednak mit anielstwa leży w jej naturze. Poświęcić się, wyjechać daleko, poddać się adoracji. Wysłanie fotografii swojej nogi nie wydaje się ceną zbyt wygórowaną za sen o wielkim uczuciu, które odmieni świat. Zwycięży komercję i powierzchowność.

Irmina nie wyśle oferty. Po prostu pomyśli sobie w przerwie na kawę o tym, że mogłoby zdarzyć się jej inne życie. Z kimś innym, daleko. Tak się wylęga to marzenie, ten sen. Coś jeszcze będzie. Historia nie jest skończona, on był po prostu mężczyzną fatalnym, albo zwykłym dupkiem.

Pierwsza wróżka obiecała jej kogoś, ale dopiero w przyszłym roku. Może po prostu należy poczekać. Tak, miałaby ochotę rzucić wszystko. Nieźle by było pokochać kogoś, kogo jeszcze nie zna. Może nie cudzoziemca, to musi być trudne, inny język, inne przyzwyczajenia, nawyki. Ale przecież tego się nie wybiera. To nas trafia.

Na razie Irmina odpowiada na list kolegi, który przysłał jej maila, że może by się umówili. Podobał jej się pół roku temu. Ale to była inna epoka. Niebyła epoka raczej. No cóż, odpowiada. Trochę ni tak, ni siak.

Czysty Żywioł, czyli Renata, również dostała list Davida. Otwiera, czyta pierwsze zdania i szybko kasuje. Ach, te spamy!

Co za idiotyzm! – wzdycha. – Chyba jakieś żarty! To jest tak mniej więcej, jak wysyłanie w przestrzeń kosmiczną sygnału: Hej, hej, jesteśmy tu na Ziemi, jeśli jesteście kosmitami, odpowiedzcie, czekamy, bo bardzo nam się nudzi w tym kosmosie i dokucza samotność. Mam inne problemy, Davidzie, nie zawracaj mi głowy. Chyba potrzebujesz niańki. Że też po świecie chodzą jeszcze naiwne istoty! Poza tym jestem dla ciebie za stara.

Ewa otwiera list, czyta go do końca. Potem siedzi z uśmiechem, rozmarzona. Ma ochotę odpisać od razu. Nie, nie jest jego Aniołem. Ona już ulokowała swoje anielstwo w bezpiecznych rejonach nierealnego związku, który minął, ale będzie trwał zawsze. W jej wyobraźni. Bardzo poręczny rodzaj uczucia, dobra inwestycja. Całkowity brak codzienności, nie można się rozczarować, bo on nie spóźnia się nigdy, nie ma kłótni, brak codziennej bieganiny, napięć. Minimalny związek z praktycznym życiem. Czyste marzenie. Zawsze gotowe, by je przywołać. Zwłaszcza że uciekła w porę i niczego sobie nie wyznali. Nic się strasznego nie zdarzyło. Tylko trochę seksu. Więc to jest jej prywatna, osobista, najbardziej droga tajemnica. Szkoda, że pierwszy list podarła, bo był taki ładny!

Ewa nie wie, że Król Życia umarł. Nie bądźmy zbyt okrutni, nie powiemy jej o tym. A może to nie ma znaczenia, bo kocha piękną iluzję.

Co chce napisać do Davida? Czuję w Tobie pokrewną duszę... ja cię rozumiem! Ach, on nie chce odpowiedzi od dusz, tylko od właściwego anioła... Więc lepiej dać spokój. Ale o nim myśli.

Tymczasem David dostaje dziesięć tysięcy odpowiedzi od potencjalnych anielic z całej wschodniej Europy. Przysłały mu piętnaście tysięcy stóp (gdyż połowa przysłała obie stopy).

I jest z tym pewien problem.

Po pierwsze – trzeba zrobić selekcję. Na razie wstępną. Najmniejszy kłopot polega na tym, że David jest tylko skrzynką kontaktową i nie istnieje. List pisał pewien copywriter, który marzył kiedyś o karierze pisarza. Stosował się ściśle do zaleceń pani psycholog, która wie, czego właściwie pragną kobiety. Przynajmniej tak twierdzi i jak się okazało po reakcji – chyba się nie pomyliła.

Teraz trzeba tym bogactwem adresów właściwie rozporządzić. Cała baza danych stanowi własność pewnej agencji, która poszukiwała kobiet o czystym sercu, niekomercyjnym nastawieniu do życia i wysokim stopniu idealizmu, gotowych, by zaakceptować cudzoziemca – szlachetnego nieudacznika. Psychologiczny profil poszukiwanej kobiety obejmuje też rozwinięty altruizm. Takie nie piszą do agencji z własnej inicjatywy. Czekają. Nigdy nie robią pierwszego kroku. Mogą się nigdy nie doczekać, gdzieś tam, na swojej prowincji, na skraju Europy, w jakichś dziwnych miastach i miasteczkach, gdzie hula wiatr po ulicach, a zimą śnieg pada i nic się nie dzieje. Więc list był sensownym posunięciem. Trzeba było je pobudzić, sprowokować.

Na razie podaż znacznie przewyższyła popyt. To jest jak lawina. Trzeba będzie napisać zbiorczą ofertę do mieszkających na Zachodzie mężczyzn bez perspektyw kariery i konkretnego wykształcenia. Oni także czekają, a niektórzy nawet może nie wiedzą o tym, tylko biernie wpadają we frustrację. To zaktywizuje grupę o sporym ryzyku różnych patologii.

Zagospodarować też trzeba te anielskie dusze, poszukujące zrozumienia. Tego niestety nie można automatycznie zapewnić.

Na razie w agencji trwa burza mózgów. Nie bardzo wiadomo, jak wybrnąć z sytuacji. Siedzi copywriter i pani psycholog.

– Widzisz, jest trudno, bo profil Davida został zbyt mocno zakreślony – mówi psycholog.

– Jak to! Udało mi się nie nadać mu narodowości, nie ma żadnego zawodu...

– Ale ten mistycyzm! Po co? Powinieneś zostać pisarzem, jak masz takie ciągoty. Dobrze byś to sprzedał. A tak, co teraz zrobimy? One go pokochały takiego, trudno będzie podstawić w to miejsce jakiegoś rzeźnika, kibica futbolu.

Copywriter się broni:

– Sądzisz, że dziewczyna, która zakocha się na podstawie listu, w ogóle zauważy zmianę, gdy odpowie jej ktoś inny? Przecież to jest w niej, to oczekiwanie. One muszą mieć jakąś straszną wewnętrzną potrzebę, podatność, i łatwo będzie skierować to na kogokolwiek.

Pani psycholog jest lekko urażona odpowiedzią.

– Jak instynkt gęsi świeżo wyklutej z jaja? Będzie gotowa przywiązać się do wszystkiego, co się rusza, nawet do pudełka na sznurku? Jak ty właściwie traktujesz kobiety?

On patrzy na nią z przestrachem. Tego przecież nie miał na myśli, że te wszystkie uczucia to tylko forma, w którą wlewa się dowolny materiał. Choć czasami w życiu przychodziło mu coś takiego do głowy. Ona trochę za wysoko podnosi głos jak na ich służbowe stosunki równych w hierarchii:

– Nie wiem po prostu, co robić. Napisz jakąś sensowną odpowiedź faceta, który tłumaczy, że wszystko w porządku, czeka i kocha, tylko jeden szczegół, nie jest Davidem... Widzisz, co zrobiłeś? Musiały tu zagrać jakieś twoje osobiste tęsknoty, które hodujesz, tylko u siebie tego nie widzisz. No! Teraz napisz, dziesięć tysięcy odpowiedzi. Najlepiej we własnym imieniu. Masz lat trzydzieści, samotny, co prawda pracujesz, ale mniej więcej się zgadza. I nie masz wyjścia, zacznij: mój Aniele...

Teraz on jest po prostu wściekły za ten osobisty przytyk. Rzuca jej jednoznaczne spojrzenie. I syczy:

– To już poniżej pasa, tutaj przesadziłaś.

Burza mózgów nie kończy się wyładowaniem. Pani psycholog po prostu zabiera torebkę. Kiedyś byli dla siebie milsi. Kiedyś spędzali ze sobą trochę czasu. Kiedyś oglądali filmy, a potem rozmawiali. Ale ona nie zadzwoniła, on się nie odezwał.

To dobrze – myśli on – że się z nią już nie spotykam. Manipuluje ludźmi, to jest niebezpieczna kobieta.

Nie ma już rozstań, są nieporozumienia. Wisi w powietrzu coś niedobrego.

On myśli: ona za dużo o mnie wie.

Misio

Przysyła SMS-a: „Przyjechał wiesz kto. Odnaleźliśmy się zupełnie".

Jasne, że to ten najważniejszy. Ten właściwie nieosiągalny. Mieszka daleko, ma kobietę, dzieci. Nie można się z nim pokazać w eleganckim towarzystwie. Bo mówi: „Poszłem, wyszłem". Albo się nudzi w filharmonii. Jest zmęczony, chciałby iść wcześnie spać, a nie słuchać pitu--pitu.

Ma spracowane ręce. To przez te wieczne prace murarskie, betoniarkę. Albo mechanika, jak się zdarzy. Wtedy – smary. Nieusuwalny brud, wżarty w paznokcie.

Ale tylko on niczego nie udaje. W pewnych momentach się kuli. Budzi się w nocy i krzyczy: Nie! Albo tylko osłania się przez sen.

To jest jasne. Ten chłopak był bitym dzieckiem. Biednym, zastraszonym. Właściwie jest nim do tej pory i nie ma znaczenia, że wyrosło mu dorodne, męskie ciało z włochatym torsem. Bite dziecko nieufnie przyjmuje łagodność. Chociaż ją rozumie i się oswaja. Nie domaga się niczego. Nie mówi: Kup mi!

Ale Misio kupuje. Dlatego, że nie prosił. Modną bluzę. Zieloną czy czarną? Czarną. Do blond włosów.

Bierze, wkłada, nie dziękuje. Wygląda w niej jak książę z bajki. Choć przecież nim nie jest.

Patrzy takimi oczami, w których lęk miesza się ze szczęściem. I Misio myśli: tylko on. Nie liczy się nikt inny.

4

Pewnego dnia

Słyszałam, że kobieta wiąże się z mężczyzną, bo to daje oparcie. Nie potwierdzam. Ze mną stało się odwrotnie. Odkąd pokochałam M., jestem bardziej krucha. Wystawiłam się na katastrofę.

Czyha na mnie siedem możliwych nieszczęść, których dokładnych nazw nie należy wymieniać.

Wśród nich: Nieobecność, Obojętność, Oddalenie. Takie łagodne wyrazy. Ile melancholii! Przykrywa okrucieństwo tego, co się pod nimi kryje.

Zwykłą nieobecność oswoiłam. Nie płaczę, kiedy znika mi z oczu. Nie jestem dzieckiem. Odwrotnie, to ja czasem pakuję walizkę i wyruszam daleko. M. nie przeszkadza mi w tym. Jest w tle, gdy zwiedzam inne kraje. Prawie zapominam. Wracam, przywożąc opowieści i obrazy.

Widmo tej katastrofy wyłania się, gdy jesteśmy blisko. To niemożliwe, zawierzyć się tak bardzo. To niebezpieczne. Z lękiem patrzę na jego ciało. Podobno jest zbudowane z tkanek. Podobno miękkich. No, nie bardzo miękkich, nie zawsze. Elastycznych. Nie znam jego wnętrza, tam może coś się czaić.

Dotknięcie jego skóry tak bardzo mnie czasem przejmuje, że musi istnieć pewien rodzaj osmozy. Odkąd przestałam się bać bliskości – boję się jeszcze bardziej, że mogłoby jej zabraknąć.

Krótkie wpłynięcie pod powierzchnię męskiej skóry. Poznanie wewnętrznego ciepła. Puls. I dreszcz, który budzi. Zostałam wygnana wielokrotnie. A jednak byłam tam. I wrócę. Czekaj! I czekasz.

Ale pewnego dnia...

Łódka

Dotknęłam dzisiaj skóry leśnego zwierzęcia. Z lękiem. Bo pomiędzy nami – ciemność, przez którą przeciskała się moja ręka. Ale nie nastąpił atak ani ucieczka. Ku mnie wysunął się żywy język. Ruchliwy, czerwony, wykrojony z mięsa i krwi. Patrzyłam, jak dojrzewa na jego końcu kropla śliny. W niej przeglądała się mała figurka z dużą głową. Bałam się, że nastąpi potop lub ostateczna eksplozja, ale kropla opadła i nie stało się nic. Ocalałam.

I obudziłam się na brzegu szarej rzeki.

W łodzi stał człowiek w nieznanym mundurze. Chciałam, żeby zabrał mnie do miasta. Niechętnie wskazał mi miejsce. Burknął:

– Była interwencja w pani sprawie. Zwykle powrót jest niemożliwy. Są rzeczy nieodwracalne.

I zamiast przekleństwa rzucił niedopalonego papierosa do wody.

Wsiadłam. Na dnie łódki było sporo wody. Widziałam wieżowce po drugiej stronie, ale nie słyszałam szumu miasta.

Więc powrót jest tak trudny? Groziło mi wygnanie? Kara? – pomyślałam.

Nad szarą wodą nie świeciło słońce. Z góry patrzyło czarne, obojętne oko kamery. Łódkę znosił prąd.

Kocie myśli

Kiedy leży przy mnie kot, zaczynam rozumieć język zwierząt. Tak, istnieje. Ludzie się go wyparli, bo język zwierząt jest bardzo prosty. Jednoznaczny. Nie kłamie, nie ma w nim nawet możliwości podmiany. Znaki i znaczenia są tu wspólne, przyrośnięte jak kocia głowa do reszty, która z zachwytu mruczy. Kiedy leżymy razem – po prostu widzę kocie myśli. Doskonale utoczone kule pokryte ciepłym futrem. Pręgowane. I jestem wzruszona, gdy w pewnym momencie kot delikatnie popycha jedną z tych kul w moją stronę i zagląda mi w oczy. A potem je mruży. Rozumiem! To można przetłumaczyć jako ludzkie „tak", tylko jakieś większe, obejmujące mnie całą. Tak, bądź! Dobrze, że jesteś! „Tak" rozpływa się z zachwytu, dla teraz, dla chwili. Czas teraźniejszy: Tak.

A potem myślę: przecież „tak" jest partykułą, nie ma czasu! Ale to jakaś – z przeproszeniem – ludzka bzdura. „Tak" ma wszystko, co trzeba. Poczucie doskonałości i spełnienie razem. Bo przecież język zwierząt wcale nie został zapomniany. On tylko stał się wstydliwy. Ma gesty miłości, nie ma podtekstów i trybu wątpienia. Jest spontaniczny i uporządkowany. To nie żaden chaos. Pierwotna miazga jest po stronie spekulacji. A tutaj jest tylko TAK bez reszty.

Kiedy jestem z tobą – wstyd gaśnie. Przytulam swój policzek do twojego brzucha. Błąd w *ars amandi*, bo cóż to za miejsce, brzuch, policzek, nieznana figura. Gest, który nie wiedzie do celu. Ale ty mnie rozumiesz! I to takie proste, że wybuchamy nagle dziką radością, która się nie śmieje. TAK.

My

– To niemożliwe – powiedziała ona, moja koleżanka, kiedy wreszcie podał mi słuchawkę. – On ma taki sam głos jak ty! Inaczej brzmi, ale... To głos rozpisany na męski i żeński, z taką samą intonacją. Cierpkości, pauzy, zawieszenia, one najwięcej mówią. Macie wspólne.

Więc może stało się i jesteśmy jedną osobą, podwójną.

Nasze ego nie pożarły się, ale sekretne światy dawno przestały być osobne. Przemieszane bez naszej wiedzy. To stąd ten sen, sprzed kilku dni. Dziwny. Widziałam moje nogi. Dwie, jak to zwykle, prawą i lewą, z góry, jak zwykle. Patrzę na prawą, tak, poznaję. To ona, mieści się w buciku. Patrzę na lewą, o, to nie ona. Inna jakaś. Ale przecież ją znam, nie obca! To jego noga, przecież. Poznaję te palce, nie moje.

I tak kuśtykam od dawna przez świat, nawet o tym nie wiem, a nie koniecznie, nie do końca jestem sobą. Ale przecież jestem.

To dlatego tyle irytacji. Tłumionego buntu.

Podnoszę głowę i widzę. To rozmemłanie moje-twoje, nie do wytrzymania.

Wady znajome na wylot, niereformowalne.

Co rano ta podwójna osoba odpala dwa komputery. W jednym rysuje korzenie podziemnych ogrodów. Plątaniny gałęzi, błądzących w ciemności. W drugim ze stukiem damskich pantofelków sypie na ekran ziarna liter. Układa z nich wymyślne rozważania i całkiem zwykłe opowieści. Albo zwykłe rozważania i opowieści wymyślne, takie, że M., czytając, ma wątpliwości. Co się stało naprawdę? Ona musiała to przeżyć, skoro opisuje tak wiarygodnie, że to widzę... A gdzieś z zakamarków wysnute. Są jeszcze takie miejsca.

Korzenie i nasiona są oddzielne.

Na razie. Co będzie dalej? Absolutna aneksja? Czy ten stan chwiejny, trudny, wybuchający atakami niechęci, które przerywają zwykłą błogość.

Trudna sprawa w banku, komputer, który odmawia posłuszeństwa, zwykłe chamstwo jakiejś zaczepki, to są powody, aby się gniewać na swoje drugie ja. Ktoś przecież musi ponieść karę. Choćby za to, że nie wie, nie rozumie, a więc lekceważy.

– Ciężko z tobą się żyje! Trudno ci cokolwiek wytłumaczyć! – krzyczę po ciężkim dniu, zdenerwowana, czego mógłby się domyślić, bo przecież to oczywiste, skoro jesteśmy dla siebie przezroczyści.

On strzepuje to z siebie i zamyka się w swoim pokoju.

Ja zyskuję dowód, kto był winien. To oczywiste, nie ja. On. Ego podnosi rogi i zaczyna spisywać wielką, brudną księgę krzywd. Pisaną na gazecie.

Więc miłość nie istnieje? To możliwe.

Jest tylko lustro Narcyza, ustawione skośnie, w którym moja twarz, widziana trochę z boku, kąpie się w jego spojrzeniu. I w tym samym lustrze dostrzegam jego, to zadowolenie, ten wyraz twarzy, który mówi: ja, podobam się sobie, czyli nam. Mamy dziwne włosy i zabawną kobiecą buzię. I nogi trochę nie do pary.

– Tylko, proszę, pamiętaj! Perfumy – wykluczone! – mówi on.

Rozumiem. Mam być taka jak zawsze. Nawet zapach – ten sam, znajomy. Dobrze, obiecuję. Sprawdzam w lustrze, czy wszystko jest na swoim miejscu. Mniej więcej. A potem wyruszamy – osobno. Po przygody.

Pytanie

Czy miłość spełniona może być niespełniona? Tak, właśnie. Im bardziej, tym mocniej. Bardziej pragniesz. Biedny seks nie nasyci głodu.

Co robić? Nie ma wyjścia? Nie ma!

Joanna zmienia szkołę

Joanna zmienia szkołę po wakacjach. Mnóstwo było powodów, wszystkie bardzo racjonalne.

– Ale Z.? – pytałam.

Nie odpowiadała. Mówiła, że to chodzi o inne sprawy, po prostu ma pewność, że w tej nowej szkole będzie lepiej.

– Nie boisz się nowej klasy? Nie szkoda koleżanek?

– Nie.

Bez najmniejszych wahań. I pewnego dnia wracamy powoli z nowej szkoły, jest wrzesień, a na skwerze bawią się chłopcy. Stara klasa. Jest i Z. Staję chwilę, czekam, że nas zauważą. Nie patrzą.

– Nie chcesz się przywitać?

– Proszę cię, chodźmy! Szybko!

I skręca w zaułek. Biegnę za nią, ona przyspiesza kroku, nie ogląda się za siebie.

– Co się stało? Czegoś mi nie powiedziałaś ważnego, więc nie wiem.

– Nic!

Już bezpieczne. Za domem, na innej ulicy. Ona zwalnia kroku.

– Babcia mnie ostrzegała! – mówi. – Wszystko się sprawdziło.

Skąd ja to znam! Ile razy uciekałam, udając, że nie dostrzegam. Najbardziej komiczny był pewien K. Zobaczył mnie. Konsekwentnie udawałam, że ma twarz pasażera tramwaju o świcie i go nie poznaję. Chciał uciec na schody, ochroniarze skierowali go do windy. W windzie byłam ja. Pod lampą, zwielokrotniona przez lustra. Potrójna. Widziałam, że się boi. A ja przybrałam formę wyniosłej ucieczki wewnętrznej, wymagającej skupienia i panowania nad twarzą. Nie padło między nami ani jedno słowo. Co stało się między nami dawno temu – naprawdę już nie wiem. Może był na niewłaściwą literę. Żadnych zdarzeń. To trzeba było unicestwić.

Ucieczka, forma przymusowa, dla historii, które skończyły się wyjściem tylnym, awaryjnym, przez śmietnik. Wzajemną obrazą. Byłam niezła w sztuce uciekania. Czasami to było niezwykle łagodne. Cud dyplomacji zawarty w milczeniu, niewidzeniu, unikaniu.

W końcu uciekłam całkiem z tych historii, w nasz rodzaj bliskości z M. I odtąd mieszkam w ciepłej wacie, gdzie nie ma już wielkich zdarzeń. Żadnej historii. Tylko sen.

Z tej iluzji wypływa życie. I już nie boli.

Joanna czasem mówi, że chciałaby wiedzieć, o czym myślę, gdy się tak uśmiecham, milcząc. A ja nie odpowiadam. Wolałabym, żeby nie wiedziała. Niestety – ona się domyśla. Albo od początku wie.

Mam nadzieję, że wkrótce wkroczy w strefę ciszy. Jak ja. Tamtych historii już nie ma, zapadły się, utonęły i jakiż to nietakt losu, że krzyżuje ze sobą drogi osób z niebyłych historii. To nie powinno się zdarzać, zanim pamięć nie wynurzy na nowo jakichś obmytych z iłu fragmentów. Dlatego po świecie krąży niewiele prawdziwych historii miłosnych. Choć to się ciągle zdarza, niewiele daje się opowiedzieć. Te historie się topią, nazajutrz po zakończeniu ulegają rozpadowi. No, chyba że ktoś umrze. Śmierć – logiczna, honorowa kropka. Prostuje drogi, oczyszcza. Kto by pomyślał, że w ogóle może ocalać. Przed utonięciem w niepamięci, przed pogrzebaniem w mule.

Pewnego dnia noc przynosi sen. Właściwie tylko obraz. Nieduży dom, w zapuszczonym ogrodzie rosną jakieś krzaki. I przeświadczenie: „To on tu mieszkał". Kto? Nie wiem. Naprawdę, nie pamiętam. Wydaje się, że nigdy przedtem tu nie byłam. Dom jest pusty, ma wybite okna, a drzwiami trzaska wiatr. Na ścianach brudny ślad. Tędy przeszła powódź. To dlatego tak strasznie. Szlam na podłodze. Wszystkie ślady spłynęły z błotem, niczego tu już nie ma. Obecność została zmyta.

Trzeba uciekać.

Prehistoria

Wiele już lat szukamy jakiegokolwiek wyjaśnienia, dlaczego w ogóle coś takiego nam się kiedyś przydarzyło. Że jesteśmy z sobą do tej pory i tyle narosło tego życia wspólnego, że nie da się już go odplątać. Nasze dzieci, a także: koty, książki, podróże dalekie i bliskie, pobyty w szpitalach, kryzysy, zmieniane mieszkania i samochody, łzy i rozmowy, fotografie, nawet niezrozumiałe pretensje, wszystko to jest nasze. Trochę śmietnik, trochę królestwo, rządzone przez króla i królową, nie bezwzględnie, raczej demokracja monarchiczna z lekką skłonnością do anarchii. Bliska ideału, gdyż złożona z niewielu osób, więc pewne rzeczy da się uzgodnić. Obowiązuje nawet liberum veto, jakże słusznie.

On mówi, że zakochanie nasze przeszło w stan permanentny i trudno je już odróżnić od samego życia. Czuje to lepiej, gdy wyjeżdżam. Więc wyjeżdżam czasem. Nie bardzo wierzę, że tak po prostu przydarzyła nam się historia szczęśliwa. Wyjątek.

Początek był skandaliczny, całkowicie przypadkowy i nie do wytłumaczenia. Wpadliśmy na dziki pomysł przytulania się z ledwie znajomą osobą, co doprowadziło do takich wyników, że do tej pory nie można przestać i trzeba to powtarzać. Tak się nie robi. To było bardzo dziwne, głupie i niebezpieczne. To się zdarzyło raz i już nigdy, obiecujemy. My jesteśmy zdystansowani, dość sztywni, zimni i trudni w kontakcie. Ale nie – we wzajemnym. Już nigdy więcej nie będziemy robić takich rzeczy. Obiecaliśmy sobie. Może to się nazywa małżeństwo, ta obietnica, ale nie lubimy słów zbyt oficjalnych, a obiecaliśmy w ciszy i samotności, bez świadków. I to się stało po kilku latach, gdy ochłonęliśmy już ze zdumienia. Przysięgłam mu wtedy dwie rzeczy: nie zgłupieć i nie zgrubieć. Bardzo ważne obie. Inne rzeczy też obiecałam: piec ciasto z rabarbarem wiosną, nie strzyc krótko swoich włosów, ale za to strzyc jego. Takie były warunki. Niezbyt ciężkie. Nie odbył się wtedy żaden ingres ani koronacja, żadna uroczystość, może przypadkiem odprawiliśmy któryś z odwiecznych rytuałów i od tej pory rządzimy tym naszym chaosem, który się rozrasta. Uwzględniamy swoją bezradność wobec głównych spraw świata. Ale nie kompletną.

Tak bywa: trzeba zrobić ten pierwszy krok, zburzyć regułę, dokonać rzeczy niemożliwej i założyć Królestwo Dobrej Woli. To się może dziać w Paryżu, w Warszawie, w Rzymie czy gdziekolwiek indziej. Żadne romantyczne pejzaże Alp nie miały w tym, co się stało między nami, najmniejszego udziału. Przyglądały się biernie ośnieżone szczyty, my ich nie widzieliśmy, było zbyt gorąco i dziwnie. Ukrywaliśmy się nieudolnie, próbowaliśmy jeszcze się wycofać i uciec. Ze wstydu przed sobą i przed wszystkim wokół, przed górskim wierzchołkiem, który zasłonił się chmurą, aby niczego nie oglądać z tej skandalicznej sceny. W dole było jezioro, zapewne bardzo piękne. Zamknęło powiekę z lodu. Baliśmy się, że spadnie na nas jakaś kara, na przykład wygnania.

Do tej pory trudno dać sobie z tym radę, że wszystko stało się przypadkiem i było naprawdę straszne, nie ma w tym żadnego przeznaczenia, a jednak Królestwo trwa i się rozrasta i teraz nawet ma już jakąś swoją historię, długą i bogatą. Albo i jej nie ma, bo to jest historia powszechna, która się powtarza. Nie ma też przyczyny, tej pierwszej, na początku, zaledwie jakieś okoliczności, niestanowiące właściwego wyjaśnienia, poboczne fakty, całkowicie dowolne. Bo nie wierzymy przecież w żadne brednie, że coś jest zapisane w górze, w jakiejś księdze. To się po prostu zaczyna tak zdawać w miarę upływu czasu, coraz bardziej. Ważne było także, zapewne, co wcześniej wydarzyło się nam obojgu w naszym oddzielnym życiu, te wszystkie dobre i złe rzeczy. Złe także. I to, że hodowaliśmy zdolność iluzji. Ukrywając ją zręcznie. Ta niezgoda na zdawkowe gesty. Jeśli są niekonieczne, znaczy: niepotrzebne. Ze wszystkich niepotrzebnych rzeczy najsmutniejsze. Zawiadomienia, kwity, paragony. Nasza królewska przesada nas usprawiedliwia, bo wszystko, co się wydarzyło, stało się z czasem po prostu konieczne. Także zamiłowanie do wybuchów i innych katastrof. Gust skrajny, nieważne, że niemodny, bo ukryty w rejonach intymności.

I stało się nigdy. No, proszę. Nie warto zastanawiać się jak. Powtarzać, aż do osłupienia. To niemożliwe. A jednak.

– Wypij mnie! Proszę. Zjedz mnie.

– Jest szansa, że zniknie, ten problem.

– Co? Ach, rzecz tak drobna, że w tej chwili niewarta wspomnienia. Ta niewielka różnica i podobieństwo płci.

Ale w końcu zostaniemy wygnani, bo tak się zawsze dzieje i przydarzyło się dotąd tylu innym ludziom. I to nie tak jak z raju zostaniemy wypędzeni.

Gorzej, bo osobno.

Co powiedział Eros

– Czy nie marzysz o jedności Logosa z Sofią? Odkąd przeżyłem to spotkanie, czuję się spełniony. Ja, Logos, z moją Sofią rozmawiam codziennie, od lat siedmiu – pisze do mnie M.C., poeta.

Ale ja, Sofia, na swój własny użytek z Logosem rozmawiam bezpośrednio. Gdy czytam książki. Przydarzyła mi się przygoda z Erosem. Teraz usiłuję zmusić Erosa do mówienia. A on mi obwieszcza dziwne rzeczy. Najpierw mówił o pożądaniu. Potem zaczął objawiać tendencje do znikania. Ale wcale nie zniknął, przeniknął raczej. I opowiada historie, dziwaczne, bez początku, bez końca, niektóre nawet jeszcze bez zdarzeń, to jest właściwie jedna historia i nic to, że ma wielu bohaterów, którzy noszą różne imiona, i że jest poplątana.

Wiedzie mnie w kolisty labirynt, w którym spoczywa małe zawiniątko, ukryte w samym centrum.

Albo nie.

Warszawa 2004 – Londyn 2008